DREAMBOOKS★

DREAMBOOKS

反生學士
반생학사

소유현 신무협 장편소설

ORIENTAL FANTASY STORY & ADVENTURE

반생학사 8(완결)

초판 1쇄 인쇄 2016년 6월 3일
초판 1쇄 발행 2016년 6월 13일

지은이 소유현
발행인 오영배
책임편집 편집부
제작 조하늬
일러스트 최단비

펴낸 곳 (주)삼양출판사 · 드림북스
주소 서울시 강북구 도봉로 173
대표 전화 02-980-2112 **팩스** 02-983-0660
출판등록 1999년 3월 11일 제9-00046호

ISBN 979-11-313-0543-0 (04810) / 979-11-313-0345-0 (세트)

+ 이 도서의 국립중앙도서관 출판시도서목록(CIP)은 서지정보유통지원시스템홈페이지(http://seoji.nl.go.kr)와 국가자료공동목록시스템(http://www.nl.go.kr/kolisnet)에서 이용하실 수 있습니다. (CIP제어번호: 2016013783)

반생학사

8

ORIENTAL FANTASY STORY & ADVENTURE

소유현 신무협 장편소설

dream books
드림북스

목차

第一章

강릉의 두 사람

초우가 떠났다.

고개 숙이며 연신 사과를 거듭한 그를 정범은 웃는 낯으로 보내주었다. 해야 할 일이 따로 있는 사람이다. 굳이 발목을 잡고 싶지는 않았다.

불만이 가득하였던 장호는 떠나는 날까지 초우에게 얼굴을 비치지 않았다. 인연이 된다면 다시 또 보게 되리라. 강호의 흐름이란 언제나 그러했으니 말이다. 이제 남은 사람은 여섯이었다.

정범, 전동, 장호, 조현, 조창, 혈독수.

첫 시작이 열이었으니 그래도 반 이상 남았다.

무엇보다 죽어서 떠난 이가 없다.

오이한의 끝을 아는 이는 혈독수뿐이었기에 모두 마음을 편히 먹을 수 있었다.

그 뒤 일행들은 빠른 걸음으로 강릉으로 향했다.

어차피 해야 할 일이라면 굳이 미룰 이유도 없었다.

"임시 무림맹?"

강릉의 입구에 서, 맹으로부터 받은 명패를 내민 정범 일행을 둘러본 병사가 눈을 가늘게 뜬다. 임시 무림맹이 창설되었으며 중원 전체를 앓게 하는 마도 무림과 싸우고 있다. 소식은 들었다. 허리에 검을 찬 무림인이 아니더라도, 중원에 사는 사람이라면 대부분이 아는 이야기다. 그렇기 때문에 사칭하는 사람도 많았다. 강호를 살아가는 이들 중 자신을 밝히기 힘든 사람에게 아직 명확히 무언가가 알려지지 않은 임시 무림을 사칭하는 일은 누워서 떡을 먹는 일과 같았다.

'또 웬 한량 놈들이 왔군.'

딱, 그런 눈으로 허리춤이나 등 뒤에 검 혹은 창을 둘러맨 정범 일행을 둘러본 병사가 짧은 한숨을 내쉰다. 특히 허리에 검을 네 자루나 차고 있는 정범에게 향해서는 작은 비웃음마저 비쳤다.

"통과."

하나 입 바깥으로 나온 말은 딱히 부정적이지 않았다.

평범한 양민이 마도 탓에 시름을 앓고 있다면 황궁은 또 다른 내부의 사정으로 복잡하다. 중원 전체가 안팎으로 시끄러운 나날이다. 현재 관(官) 역시 함부로 경거망동할 수 있는 입장이 아니었다. 때문에 검을 찬 무림인의 무리와는 되도록 시비를 붙지 말라는 것이 상부의 명(命)이었다. 어찌 됐든 이 복잡한 때에 마도라는 기괴한 반역도 무리와 싸우고자 하는 이들은 무림인뿐이었으니 말이다.

"거 참, 눈매 한번 더럽군."

성문을 지나쳐, 강릉 내부로 들어선 장호가 정문을 지키던 병사들을 향해 투덜거리는 음성을 흘렸다.

"의심이 갈 만하지요. 때가 때 아닙니까."

아무리 강릉이 마도 봉기의 때에 유별날 정도로 평화로운 분위기를 자랑하고 있다지만, 주변에서 떠도는 소문마저 막은 것은 아니다. 오히려 이 정도까지 경계심이 없는 모습이 이상할 정도라고 할 수 있었다.

'궁이 시끄럽다는 소문은 들었지만…….'

대체 어떤 일이 일어나고 있는지는 바깥으로 쉽게 나돌지 않는다. 당연한 일이었다. 황궁의 일을 외부에까지 끌고 나와 떠들다가는 자칫하면 혀뿐만이 아니라 목이 달아난다. 그것도 제 혼자가 아니라 지인부터 친인척까지 모두 함께다. 소식은 알아도 함부로 떠벌리지 않는다. 이야기를 전해 듣기란 어려울 수밖에 없었다.

"그나저나…… 전동 선배 말대로 정말 평화롭군요."

주변을 둘러보던 조창이 짧은 감탄을 흘리며 말한다.

겉으로 보이는 강릉은 평화 그 자체였다.

"신기하지? 폭풍의 눈이라는 말을 아는지 모르겠네. 딱 그 짝이란 말이야."

"그게 뭔 말입니까?"

장호가 고개를 갸웃거리며 물었다.

"아무리 거칠고 위험한 폭풍이라고 해도 그 중심은 고요하다고 하지. 내가 강릉에서 느낀 위험이란 게 바로 그런 종류고."

전동의 눈이 어느 순간부터 말이 없는 정범을 향했다.

굳은 얼굴로 자신의 왼쪽 가슴에 손을 올리고 있던 정범이 쓴웃음을 보였다.

"확실히, 전동 선배 말씀대로 폭풍의 눈이 있다면 이곳일지도 모르겠군요."

강릉의 입구에 들어섰을 때까지만 하여도 잘 몰랐다.

하지만 거리를 거닐고, 주변을 훑어보고, 기묘한 분위기에 녹아날수록 심장 한편에 가깝게 다가오는 감정이 있었다. 정범은 이제 확신하고 있었다.

"마노가 이곳에 있습니다."

혼잣말과 같은 그 읊조림에 일행들의 반응은 순식간에 엇갈렸다.

정확하게 말하자면 전동을 제외한 모두의 반응이 같았다.

"마노?"

"그게 누굽니까?"

"이름 한번 괴팍하군."

장호와 조창, 심지어 혈독수마저 대수롭지 않게 물어온다. 반면 전동은 얼굴을 굳힌 채 걸음마저 멈추었다. 떨리는 눈빛의 전동이 정범을 향해 되물었다.

"네놈…… 그 이름이 무얼 의미하는지는 알고 있는 게냐?"

"전동 선배도 마노를 아시는군요."

정범의 대답은 오히려 반문과 같았다.

때문에 더욱 확실한 답이 되었다.

오로지 마노를 아는 사람만이 그 말을 이해할 수가 있다.

"……진짜 이곳에 마노가 있단 말이냐?"

"아마도 아니, 확신합니다."

정범은 마노에 한해서만큼은 예측이라는 말을 사용하지 않기로 했다. 그만큼 그가 가진 마노와의 악연(惡緣)이라는 고리는 결코 짧지 않았다.

"염병, 진짜 죽을 자리를 찾아 왔네."

욕설을 흘리며 어깨를 떤 전동의 두 눈에 고민이 떠오른다.

'이제라도 도망칠까?'

그는 아주 오래 전 마노를 겪었다.

아니, 겪었다는 말도 우스웠다.

그저 먼발치에서 지켜보는 것조차 힘들던 시절이었으니 말이다. 한데도 불구하고 바지에 오줌을 지리고 다리에 힘이 풀려 쓰러질 뻔했다. 단지 멀리서 지켜보았을 뿐인데, 죽음이란 것을 너무나 무섭게 체감해 버렸다. 당시에는 어렸으니 정신력이 약했던 탓이라고?

헛소리!

"지금 봐도 지릴 것 같은데……."

"무슨 말씀 하셨습니까?"

짧게 읊조리는 전동을 향해 정범이 되물어 왔다.

"아니다. 아니야. 그나저나 마노를 알면서도 도망갈 생각이 안 든단 말이냐 네놈은?"

"이미 몇 번 싸워 봤으니까요."

"……."

놀란 탓에 쉬지 않고 떠들던 전동의 입이 이번엔 자물쇠라도 걸린 양 굳게 닫혔다. 사람이 너무 놀라면 말도 나오지 않는다 하였다. 작금 전동의 짝이 딱 그랬다.

"마, 마, 마노랑 싸워 봤다고?"

한참 뒤에나 이어진 그의 질문에 고개를 주억인 정범이 턱을 쓰다듬었다.

"운이 좋았습니다. 그 역시 약해진 상태였으니까요."

"아무리 약해졌어도 마노는 마노야!"

전동이 제자리에서 껑충 뛰며 말했다.

마노가 가진 무서움은 그 강력한 무공뿐만이 아니다.

그 독기, 집착, 아집, 분노.

쳐다보는 것만으로 무섭다는 감정을 느끼기 위해서는 무공 하나로는 부족한 법이다. 한데 그런 마노와 만나서 싸웠다고? 그것도 몇 번이나? 그런데도 아직까지 살아 있어? 이제야 이해가 되었다.

'젊은 놈이 어떻게 이렇게 강한가 했더니…….'

마노를 만나고 살아남았다면 이해가 된다.

그 지옥 같은 경험을 한 번이라도 겪고 나면 성장할 수밖에 없다. 전동이 생각하는 마노란 그런 것이다. 사람이라기보다는 또 다른 존재에 가깝다.

"대체 마노란 놈이 누구입니까? 그렇게 무시무시합니까?"

두 사람의 대화를 듣다 참지 못한 장호가 끼어들었다.

"무시무시하냐고? 그 정도가 아니지. 너 같은 애송이는 마주치는 것만으로 죽을지도 모를 일이야."

"말도 안 되는…… 아무리 그래도 어찌 그럴 수 있단 말입니까?"

"못 믿냐?"

"믿기 힘들지요."

"실제로 그 정도는 아닙니다. 무섭긴 하지만요."

두 사람의 대화에 정범이 끼어들었다.

전동이 쓸데없이 겁을 준다고 생각했던 탓이다.

한데 그 말에 오히려 전동이 화를 냈다.

"진짜라니까. 예전에 내 친구 중 한 놈이 놈과 눈만 마주친 것만으로 절명(絕命)했다. 내 눈앞에서 본 일이야."

꿀꺽.

긴장한 표정의 장호가 침을 꿀꺽 삼켰다.

농담이라고 웃어넘기고 싶은데, 그러기에는 전동의 표정이 너무 심각했다. 정범도 더 이상 무슨 말을 하지 못했다. 여태껏 정범이 보았던 마노는 완전한 모습이 아니었다. 하니, 완벽했을 때면 실제로 눈빛만으로 사람을 죽였을지도 모른다.

문득 떠오른 영 노야의 심검이 그러한 생각을 더욱 굳혀 준다.

'그래, 심검이라면…….'

분명히 존재하지만 눈에 보이지 않는 그 힘이라면 단지 눈빛만으로 사람을 죽였다는 것도 말이 된다.

'하면 전성기 시절의 마노는 심검을 자유자재로 구상했다는 말인가?'

정범은 얼마 전 단 한 번, 영 노야의 심검을 겪었다.

그 넘어설 수 없는 절대적인 힘의 위용을 잘 안다.

만약 마노가 그러한 심검을 자유자재로 다룰 수 있다면, 완전해진 순간 결코 이길 수 없다.

'그 전에 죽여야 해.'

어쩌면 지금이 그 마지막 기회일지도 몰랐다.

근처에 마노가 있는 것이 느껴진다.

한편으로는, 아직까지는 싸울 만하다는 생각도 들었다.

추측보다는 직감에 가까운 감정이다.

다른 누구도 아닌 마노와 관련된 일인 만큼 정범은 그 직감을 신용할 수 있다고 믿었다.

'내가 진짜 대적자(大敵者)라면…….'

마노라는 인물의 정반대 극(極)에 위치한다면 이 직감은 분명히 들어맞을 것이다. 그리고 분명 이번에도 만나게 될 터였다.

그가 알았듯, 마노 역시 눈치챘을 테니 말이다.

서로의 존재를.

*　　*　　*

합장원(合場院).

대도시에 속하는 강릉의 외곽에 위치한 거대한 장원은 강릉에 살아가는 주민들에게 있어 경의의 대상이었다. 강릉 내에서 세 손가락 안에 꼽히는 큰 장원인 덕분도 있다. 하나 그뿐만은 아니다. 그 앞에서 소원을 빌면 셋 중 하나는 꼭 이루어지더라는 괴이한 소문 덕도 있지만, 비단 그뿐이라면 경의의 대상이라 볼 수 없을 터였다. 중요한 것은 역시 사람이다.

그곳에 사는 인물이 전대 수 제국의 황사(皇師)이자 신우협려(信友俠麗)라는 이름으로 더욱 잘 알려진 호인(好人)이라는 사실.

그 사람이 중요했다.

신우협려는 전대 황사를 지낼 만큼 뛰어난 학문을 익혔으며 무공으로도 전 중원을 통틀어 백 명 안에 꼽힐 만큼 뛰어나다. 외모는 더 표현할 나위 없이 별호 그대로였다. 장년이 넘는 나이에, 사내임에도 불구하고 너무나 아름답다. 사내의 멋이란 것이 무엇인지 몸으로 보여주는 것만 같은 인물이다. 협심(俠心)과 우애(友愛)를 표현하는 정(情)은 그보다 한 수 위다. 때문에 강릉 주민들 모두가 신우협려를 경의했다. 그가 강릉에 산다는 사실만으로도 큰 자부심을 느끼고는 했다.

오늘도 집 앞까지 찾아온 사람들을 향해 손수 웃는 얼굴을 보이고 가난한 이들을 위해 쌀을 푼다. 없는 사정은 아니나 꾸리는 식구가 많아 힘들 텐데도 결코 나쁜 감정을 내색하는 일이 없다.

신우협려란 바로 그런 인물이었다.

"개자식들, 여기가 지들 거지 소굴인 줄 아나. 날마다 찾아와서는 툭하면 쌀 내놓으라고, 하여간 못 배운 새끼들은 꼭 저렇게 몸으로 표현을 한다니까."

고운 외모와는 어울리지 않는 욕설을 내뱉으며, 성큼성큼 거친 걸음을 옮기는 그의 옆을 고개 숙인 시종이 따른다.

"당장 죽여 버리고 싶어. 어차피 살아 있으면 쓰지도 못할 놈들 아닌가? 그냥 확 이참에 다 엎어버려? 강릉에 있는 놈들의 씨를 말려버리면 군대 하나가 생길 텐데……."

드르륵—!

인상을 찌푸린 채, 자신의 집무실 문을 열고 내부로 들어선 신우협려의 고개가 홱 돌아간다. 허리를 숙인 채 말문

한 번 떼지 못하고 있는 시종이 문득 그의 눈에 들어왔다.

탁—!

이후 거친 손길로 열렸던 문을 닫는다.

"어떻습니까? 참는 데에도 한계가 있는 법인데……."

꼿꼿하게 서 있던 신우협려의 허리는 어느덧 반 이상 휘어진 채다.

그것만으로 모자랐는지 무릎을 꿇고, 바닥에 머리를 조아리기까지 한다.

대신하여 고개 한 번 들지 않았던 시종이 몸을 일으켰다. 허리를 꼿꼿이 펴고, 당당히 목까지 세웠음에도 시종은 고작 오 척 단신에 불과했다. 약간은 누런 얼굴에 가는 눈을 한 그는 불쾌한 시선으로 자신의 발밑에 엎드린 신우협려를 바라보았다.

"네놈이 겁을 상실했구나."

흠칫.

그 짧은 말에, 바닥에 머리를 조아린 신우협려의 몸이 빠르게 떨렸다.

"언제부터 네가 나에게 제안을 했지? 머리가 좀 컸다고 칭찬을 해 주니 함부로 생각이란 것을 내뱉어도 된다고 배운 게냐? 아니면 설마…… 네놈이 진짜 신우협려라도 되는 줄 아는 게냐?"

흉흉한 살기를 흩뿌리는 그의 말에 신우협려 아니, 이미 죽은 그를 대신하여 흉내를 내고 있을 뿐인 인형이 더욱 힘차게 머리를 박았다.

쿵! 쿵!

"죄, 죄송합니다! 부디 용서를……."

"생각이 짧은 놈은 명도 짧은 법이지."

진득한 살기를 흘리며, 가짜 신우협려를 노려보던 사내가 이마를 짚고는 느린 걸음으로 의자를 향한다. 바닥을 기어 먼저 의자에 도착해, 편안하게 앉을 수 있게 자리를 마련한 가짜 신우협려가 다시 머리를 조아렸다.

"입조심하거라. 혹여나 네놈의 천박함이 밖에 새어나가게 된다면……."

가짜 신우협려의 쓸모는 그 순간 끝이다.

물론 목숨이란 놈도 그 순간 함께 사라지는 법이다.

굳이 말하지 않아도 뒤를 예상한 가짜 신우협려가 더욱 머리를 깊게 조아렸다. 함부로 입을 열지 않고 생각도 하지 않아야만 한다.

"피곤하군. 교주께서는 왜 이런 놈을 굳이 쓰자고 하셔서……."

인상을 찌푸리며 이마를 짚은 사내의 눈이 기이하게 떨렸다.

사실 이유는 안다.

다만 쉽게 납득이 가지 않을 뿐이다.

'고작 한 사람을 위해 이렇게까지…….'

물론 그 한 사람의 전설에 대해서는 들었다.

하나 직접 목격한 일은 아니다. 실상 그 인물에 대해서도 이야기만 들었지 얼굴을 직접 본 적은 없었다. 백린교의 마왕(魔王) 중 일인(一人)으로서 내키지 않는 일이었다.

'마왕인 내가 고작 이딴 일에…….'

물론 그가 마왕치고는 비교적 무력이 떨어지는 편에 속한다고는 하지만, 인근에 위치한 같은 직위의 적마왕이 대규모 군대를 만들고 있다는 사실을 떠올리면 가슴이 아릴 뿐이다. 교주는 이 일이 무림제패에 있어 가장 중요하다고 말하였지만 과연 그럴까?

사내, 호마왕(狐魔王)은 의구심을 떨칠 수가 없었다.

"피곤하군. 교주께서는 아직까지 따로 연락이 없으신가……."

저도 모르게 투덜거리는 음성을 흘릴 때였다.

어둠 속 너머로부터 처음 보는 그림자가 나타났다. 아니, 그런 느낌이 아니었다. 마치 본래부터 어둠의 품에 안긴 것 같은 사내였다. 어쩌면 처음부터 이 자리에 있었을지도 모른다는 생각마저 들었다.

'교주의 전령(傳令)?'

가장 먼저 떠오른 생각은 바로 그것이었다.

하나 금방 고개를 내저었다.

그 어떤 전령이, 아무리 실력이 미숙하다고는 하나 마왕의 눈을 속일 수 있단 말인가? 긴장으로 등 뒤로 식은땀이 축축이 흘렀다.

하나 마왕인 그가 초장부터 기가 죽을 수는 없는 노릇이다.

상대가 누구이건, 교주가 아닌 이상 고개를 빳빳이 세울 수 있는 이가 바로 마왕이라는 직위였다.

"누구냐? 감히 이곳이 어디…… 컥!"

갑작스럽게 탁 막힌 숨에 눈을 세 번이나 까뒤집은 호마왕의 몸이 파르르 떨렸다. 그 앞에 엎드려, 대체 무슨 일이 일어났는지 보지조차 못한 가짜 신우협려는 갑작스러운 사달에 더욱 공포에 몸을 떨었다.

"감히? 네놈이 본좌에게 감히라는 말을 쓴 게 맞느냐?"

범을 떠올리게 하는 커다란 눈을 부릅뜬 반백의 노인이 묻는다.

호마왕은 어서 대답하고 싶었다.

정확하게 말하자면 냉큼 고개를 조아리며 사과하고 싶었다. 목이 붙잡히며 숨이 턱 막힌 순간 깨달을 수 있었다.

눈앞의 노인이 바로 그 마노다.

마도 계열에 전설로만 전해지는 살아 있는 괴물.

호마왕 본인이 강릉에 처박혀 살아 있는 제물을 준비하기 시작한 이유!

호마왕은 이제야 왜 교주조차 그를 상대할 때 조심스러운지 이해할 수 있었다. 어째서 오직 그 하나만을 위해서 이러한 계획을 실행해야 하는지도 뼈저리게 체감했다.

완전(完全)하지 않음에도 이 정도다.

단순히 무공의 고하(高下)가 문제가 아니다. 마노는 마를 다스리고 있었다. 같은 마(魔)를 가진 존재라면 결코 거역할 수 없는 위엄이다.

눈앞의 마노는 그저 허울뿐인 명칭이 아닌, 진정한 마의 왕이었다.

종주(宗主)라는 호칭이 부족하지 않다.

'요, 용서를…….'

목소리조차 흘릴 수가 없어 두 눈만 데굴데굴 굴린 호마왕이 연신 마음속으로 외쳤다. 마노는 조금 지루한 표정으로 그의 눈을 바라보며 고개를 갸웃거렸다.

"어쩔까, 이대로 목을 뽑아 죽여버릴까? 바깥에 걸어놓는다면 제법 그림이 되겠지. 하지만 고통스럽지는 않잖아. 뭐가 재미있을까? 거기 너."

흠칫.

엎드려 있던 가짜 신우협려의 몸이 크게 떨렸다.

"그래, 너 말이다. 너는 어떻게 했으면 좋겠느냐? 이 강호에서 상대를 알아보지 못한 죄는 큰 법이거든."

"그, 그것이……."

가짜 신우협려가 입고 있는 옷이 순식간에 흠뻑 젖어들었다. 어찌해야 할지 모르는 그의 온몸에서 땀이 뻘뻘 흐르고 있는 탓이다.

"이놈도 또 겁쟁이네. 그냥 편히 말해. 어차피 이 자리에서 죽을 놈인데 뭐가 무서워. 자자, 말해 보렴. 아이야. 어떻게 죽이고 싶으냐? 평소에 쌓인 것 없냐 이 말이다."

꿀꺽.

가짜 신우협려가 침을 삼켰다.

조심스럽게, 고개를 들어 눈이 넘어가기 직전의 호마왕을 바라본다.

어차피 죽을 인물이다.

더 이상 위협은 되지 않는다는 뜻.

반면 눈앞의 정체 모를 노인을 거스르면 무조건 죽는다.

말해야 한다.

무엇이라도.

"아, 참고로 말하는데 방법이 재미없으면 네가 먼저 죽

는 거다. 난 인생을 사는 데 있어 즐거움이 매우 중요하다
고 생각하는 사람이거든. 흐흐."

"어, 어……."

"아, 지겨워. 지루해. 셋을 세마. 그 안에 대답하지 않으면 산 채로 창자를 뽑아 밧줄처럼 꽁꽁 묶어 빨랫줄로 만든 다음 네 시체를 거기에 널어주마. 오, 생각해 보니 이거 상당히 재미있겠는걸. 자, 시작하마. 하나."

"그……!"

"셋."

"……!!"

단말마조차 남기지 못한 신우협려의 목이 길게 쭉 뽑혀져 나왔다. 대수롭지 않은 얼굴로 죽은 이의 목을 한 손에 들고 선 마노의 입가가 길게 찢어졌다.

"재밌네, 재밌어."

툭—!

"커어억……! 컥!"

반대편 손으로 움켜잡고 있던 호마왕의 목을 놓은 마노가 본래 호마왕이 앉아 있던 의자에 엉덩이를 붙였다.

피분수를 뿌리며 뒤로 넘어간 가짜 신우협려의 시체는 더 이상 마노의 관심에 존재하지 않았다.

"크읍…… 크흐읍……."

대신하여 여전히 목을 부여잡은 채 괴로워하고 있는 호마왕을 향해 시선을 보낸 마노가 살짝 턱을 쓰다듬었다.

"언제까지 괴로워할 거냐? 기다리기 지루한데. 그래, 너도 기회를 주마. 딱 셋을 세지. 자……."

"……."

"셋."

붉어진 얼굴로, 숨소리 하나조차 제대로 흘리지 않고 있는 호마왕을 보며 흡족한 미소를 보인 마노가 팔짱을 꼈다.

"제법 눈치가 빠른 편이구나."

"가, 감사합니다."

호마왕이 재빨리 제자리에 넙죽 엎드렸다.

위치가 바뀌었다.

방금 전까지 이곳에서 군림하고 있던 그였지만, 마노가 등장함으로써 순식간에 진정 시종이라는 직분에 걸맞은 곳으로 끌어내려졌다.

"네가 할 일은 잘되어 가고 있느냐?"

"예, 예. 이제 얼마 남지 않았습니다. 곧 이 강릉 전체가 마노님을 위한 제물로 바쳐질 수 있을 겁니다."

마노의 눈이 가늘어졌다.

백린교의 도움으로 생각보다 빠른 속도로 제법 많은 힘을 회복했다. 이 정도면 얼마 전 대흥에서 굉언 대사 등과 싸웠을 때와 동급의 힘을 회복했다 할 수 있었다. 고작 몇 개월 사이 십 년도 더 걸렸던 노고를 채웠다. 백린교의 능력은 의심할 나위가 없었다. 눈앞의 호마왕 말대로 강릉에서의 계획이 완성된다면 두려울 것이 없던 먼 과거로 돌아갈 수도 있다. 그날이 머지않았다. 아주 빠른 속도다. 이미 보름도 전에 도착하여 강릉 구석구석을 누비며 즐길 대로 즐기고, 분위기를 보아 왔던 마노이기에 그의 말이 결코 허언이 아님도 잘 알고 있었다.

'그래도 늦어.'

미리 말했듯, 본래부터 느리다는 생각을 하고 있지는 않았다.

말 그대로 갑작스럽게 느리다고 느껴졌다.

그 근원이 어디에 있는지는 오래 생각할 것도 없었다.

'놈이 강릉에 있다.'

혀끝으로 입술을 핥은 마노의 눈이 번들거리는 빛을 토했다. 정범이 그를 느끼듯 마노 역시 알 수 있었다. 마노에게 있어 정범은 탐이 나는 음식이었다. 먹으면 쓸데없이 시간을 더 쓸 것도 없이 곧바로 완전한 전성기 시절로 돌아갈 수 있다.

완전체(完全體)가 되는 것이다.

문제는 정범의 성장이었다. 이전까지는 우습게만 여겨졌

는데, 이제는 다르다.

'놈이 벽을 넘었어.'

안 그래도 약할 때부터 이상할 정도로 까다롭던 놈이다. 왜일까? 영문을 알 수 없는 일이다. 먼 과거에서부터 천하제일이었으며, 시간이 흘러도 위협할 인물을 찾지 못하던 마왕이 바로 마노 본인이다. 한데 그간 겪어온 몇 번의 상황 동안 정범은 미약한 주제에 기이할 정도로 그를 괴롭혔다. 때로는 그를 농락하며, 혹은 상상을 벗어나서, 별별 해괴한 방법으로 마노라는 인물에게 처음으로 경각심을 심어주었다. 그런 정범이 벽을 넘었다. 아직은 얼마 되지 않은 듯하지만 무서울 정도의 성장이다.

여러모로 마음에 걸렸다.

때문에 예정보다 빠르게 합장원을 찾았다.

천하에 두려운 것 하나 없는 그에게, 어쩌면 혼자서는 힘들 수도 있다는 경각심이 생긴 탓이었다.

'위험해. 아주 위험해.'

마노의 입가가 비틀렸다.

마신교에 잡혀간 이후, 알 수 없는 각성을 통해 괴물이 되고 난 뒤로 이런 위기를 느낀 적이 있던가? 정범을 만나기 전까지는 아무리 목숨이 경각에 달려 있다 하여도 단 한 번도 이런 감정을 겪은 적이 없었다. 한 번 패퇴할지 몰라도 언젠가는 기회가 다시 찾아온다. 승리한다. 그는 마노였으니 말이다.

하나 정범을 보고 있자면 다른 생각이 들었다.

'언젠가는 내가 당할지도 모른다.'

진짜로 죽을지도 모른다.

그 믿겨지지 않는 기이한 현실이 심장을 뛰게 했다.

불쾌한 박동이다.

때문에 마노는 어느덧 정범과 같은 생각을 하게 되었다.

'이번 기회에 죽인다.'

다음은 없다.

칼날을 품은 마노가 발밑에 엎드린 호마왕을 바라보았다.

마노의 눈에 있어 그는 써 쓸 만한 장기 말이었다.

입가로 미소가 그려졌다.

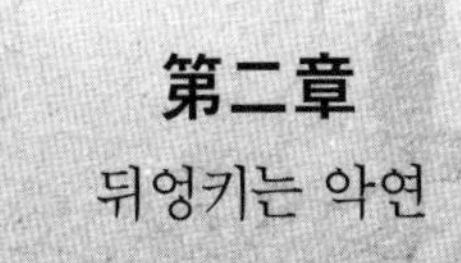

第二章

뒤엉키는 악연

마노의 존재를 느꼈다.

때문에 정범은 의문을 가져야 했다.

'어째서 찾아오지 않는 것일까?'

그가 아는 마노는 즉흥적이고, 다급한 성격을 가진 편이었다. 정범의 존재를 눈치챘다면 누구보다 빠르게 쫓아와 살수(殺手)를 펼쳐야 마땅하다. 한데 하룻밤이 지나도록 마노의 접근이 느껴지지 않는다. 그렇다고 해서 강릉을 떠난 것은 또 아니었다.

'주변에 있어.'

하지만 먼저 나서지 않는다.

어째서일까?

"하하."

이유를 생각해 보다 살짝 웃음이 흘러나왔다.

'너도 내가 두렵구나.'

정범이 그러하듯, 마노도 마찬가지의 심정을 가지고 있다. 겁이 날 것 없는 존재라면 성격 급한 맹수가 발톱을 숨긴 채 몸을 웅크릴 이유가 없다. 지금 마노는 기회를 찾는 것이다. 혹은 힘을 모으고 있을지도 몰랐다.

'돕는 세력이 있는 것 같다고 하였지.'

문득 영 노야의 말이 떠올랐다.

작금의 마노는 혼자가 아닐지도 모른다.

정범이 그러하듯 말이다.

'혼자였다면 도망쳤을지도 모르겠어.'

마노만 하여도 무서운 적이다.

실상 그의 얼굴을 떠올릴 때마다 손끝이 굳어지곤 했다. 하나 어떻게 해서든 맞서야 한다. 사명감이라고도 할 수 있는 마음으로 버텨낼 뿐이다. 한데 그런 마노 외에 적이 더 있다고? 정범의 입가로 헛웃음이 나왔다.

'다행이구나. 지금 나에게 동료가 있어서.'

마음이 무거우면서도 가벼운, 모순(矛盾)된 감정을 느낀 정범이 자리에서 일어났다.

어찌 됐든 현재 상황만 보자면 마노의 생각은 분명했다.
만반의 준비를 갖춰서 공격하려 할 것이다.
여태까지의 정범은 기다리기만 했다.
그저 맞이하는 것만으로도 벅찼으니까 말이다.
하나 이번에는 다르다.
달라야 했다.
'기다리면 당하겠지.'
때문에 먼저 친다.
방을 나서 계단을 걸어내려 간 정범이 일행들을 불러 모았다.
분위기를 읽었는지 긴장한 표정이 가득한 그들을 둘러본 정범이 입술을 달싹였다.
"마노의 위치를 찾았습니다. 해서, 선공(先攻)을 가할까 합니다."
모두의 고개가 무겁게 끄덕여졌다.

*　　*　　*

마노의 위치를 찾았다.
사실 이 말은 조금 이상했다.
찾았다기보다, 알 수 있었다고 해야 옳았으니 말이다.

하나 그를 어떻게 설명하기가 힘들어 찾았다는 표현을 썼다. 정범은 그만큼이나 마노를 명확히 느끼고 있었다. 전신의 모든 감각이 바늘보다 날카롭게 솟아 한 방향을 가리키고 있었다.

'마노도 이렇게 나를 찾았겠지.'

처음에는 몰랐다.

하나 이제는 확실히 알 수 있었다.

어떻게 마노가 그 먼 거리를 주파하여 찾아 왔는지.

이 감각을 극대화시킨다면 천하의 반대편에 있더라도 쫓을 수 있다. 분명 두 사람은 만나야만 할 지독한 악연이었다.

"저기입니다."

멀리 보이는 합장원을 가리킨 정범이 잠시 걸음을 멈추었다. 합장원은 밝았다. 밤의 어둠을 모두 몰아내기라도 할 듯 번쩍거리는 빛을 가득 토해내고 있었으니 말이다. 그럼에도 불구하고 일행들의 눈이 무겁게 내려앉았다. 정체 모를 사기가 흘러나오는 요새를 공격할 때보다 몇 배는 마음이 무거웠다. 기이한 일이었다. 마노를 잘 알지 못하고, 보지 못했음에도 그의 존재가 멀리서 느껴진다는 사실에 몸이 굳는다.

특히 전동은 어찌할 줄을 모르며 손발을 계속해서 오므

리고, 펴기를 반복했다.

공포를 떨쳐내기 위한 그 나름의 방법이었다.

"기습(奇襲)할 거냐?"

고개를 저으며 최대한 감정을 떨쳐 낸 전동이 정범을 향해 물었다.

"기습이요?"

정범이 살짝 웃었다.

가능하다면 그러고 싶다.

하지만 몇 번이고 말했듯, 정범과 같이 마노도 느끼고 있다. 아마 지금쯤 그는 눈앞까지 다가온 정범을 맞이할 준비를 하고 있을 터였다.

기습, 야습.

어떠한 방법도 불가능했다.

"정면으로 뚫고 갑니다."

"적이 몇이나 있을 줄 알고?"

"많지 않아요. 대다수가 일반인입니다. 그러니까 조심해서 싸우셔야 하고요."

합장원의 내부에는 마인들보다, 오히려 일반인이 많았다. 애초부터 호인이라 불리던 신우협러가 만든 장원이다. 비록 그가 죽고, 괴이한 형태로 변했다고는 하나 모든 것을 바꿀 수는 없는 노릇이었다.

"가죠."

긴장한 모두를 잠시 둘러본 후, 짧은 말을 남긴 정범의 신형이 앞으로 쏘아졌다.

"빌어먹을, 이렇게 된 이상 죽을 때까지 가 봐야지."

"설마 죽기야 하겠습니까. 대주도 있는데."

욕을 하는 전동에게 긴장을 털어낸 듯 웃음을 보인 장호가 말한 후 앞으로 뛰어나갔다. 지체할 시간이 많지 않았다.

"우라질, 겪어 보지 않은 놈이라 말은 잘하지."

또 한 번 욕을 흘린 전동이 그 뒤를 빠르게 쫓았다.

정범이 의식을 잃었을 때, 또 강릉까지 오는 여정 기간 동안 쉬지 않고 무공을 단련한 다른 일행들도 빠른 걸음을 보였다.

짧은 시간이었던 만큼 비약적으로 강해지지는 않았지만 분명 성장했다. 등 뒤에서 느껴지는 동료들의 든든한 시선과 기운에 정범의 마음도 한결 가벼워졌다. 동시에 두 눈은 합장원의 가장 높은 건물 위, 어둠이 내려앉은 지붕 위에 홀로 선 반백의 노인을 쫓았다.

"마노."

드디어 다시 만났다.

두 사람의 시선이 허공에서 얽혔다.

마노가 웃었고, 정범도 미소를 보였다.

"이 지겨운 싸움, 이만 끝내자."

챙—!

허리춤에 차고 있던 검 중 세 자루가 동시에 뽑혀져 나왔다. 허공으로 둥실 떠오른 검을 마노를 향해 화살처럼 쏘아 보낸 정범이 지면을 박차 그 위에 몸을 실었다.

"이놈!"

생각지도 못한 이기어검의 묘기에 놀란 마노가 눈을 부릅뜬 순간이었다.

챙—!

정범의 네 번째 검이 뽑혀져 그의 손에 들렸다.

카앙—!

검과 장이 부딪치며 쇳소리를 터트렸다.

손끝이 아릿해지는 느낌은 정범과 마노, 두 사람에게 함께 전해졌다.

"많이 늘었구나, 아해야!"

"네놈을 죽이려면 가랑이 찢어지도록 쫓아가야지."

"흐흐, 그 입담도 여전하구먼."

파바바밧—!

대화를 나누는 중에도 보이지도 않는 공수가 오갔다.

마노는 두 손으로, 정범은 네 자루 검으로 전력을 쏟았다.

불꽃이 허공으로 튀기고, 폭발이 일어났다.

콰과광—!

"무, 무슨 일이야!?"

"누구냐!?"

애초부터 소란을 감추기란 불가능했다.

아니, 그럴 생각이 없었다.

자연스레 이곳저곳에서 시선이 몰려들었다.

'대다수가 일반 양민들.'

정범은 그들에게까지 피해를 주고 싶지 않았다.

하나 마노와 그의 싸움이 격해질수록 분명 누군가는 다칠 수도 있다.

작은 경고가 필요했다.

"하앗—!"

다가오는 마노의 공격을 운보로 피하며, 풍보로 거리를 벌린 정범의 검이 동과 서, 남측 삼방(三房)을 향해 쏘아졌다.

'모두 한 번에!'

시간이 없다.

다급한 마음이 든 정범의 손이 허공을 한 바퀴 빙글 돈 순간이었다.

강기를 덧씌운 세 자루 검이 우뚝 서 눈앞에 있던 건물의 지붕을 두부 썰듯 잘라내었다.

쿠구구—!

"지, 지붕이 무너진다!"

"달아나!"

그 엄청난 신기(神技)에 반응할 틈조차 보이지 못하던 합장원의 무인들과 주민들이 기겁을 하며 외쳤다. 물론 모두가 등을 돌린 것은 아니었다.

챙—!

"감히 여기가 어딘지 알고!"

"신우협려 님을 우습게 보는 것이냐!"

의기를 마음 가득 채운 무인들이 검을 뽑았다.

상황을 모르는 그들의 입장에서야 정범은 적(敵).

그 이상, 이하도 아니었다.

하나 정범은 더 이상 그들에게 경고를 가할 틈이 없었다.

"아주 여유롭구나, 애송이."

어느덧 눈앞까지 다가온 마노의 양손이 무섭게 정범의 검을 두들긴다. 재빠르게 방어한다고 하지만 한 자루 검만으로는 벅차다. 여전히 마노는 정범보다 빠르고 강했다.

"뒤를 부탁하겠소!"

쏘아 보냈던 세 자루 검을 빠르게 되돌린 정범이 외쳤다.

카가강—!

쉴 새 없는 공방의 연속이다.

아래 측에서는 정범의 부탁을 받은 추마 이대의 무인들이 움직였다.

“자자, 다치고 싶지 않으면 말 들읍시다.”

거대한 체구에, 그에 못지않은 장창을 뽑아든 장호가 의기로 가득 찬 무인들 앞을 막아섰다. 엄청난 두 사람의 싸움에 기회를 엿보고 있던 그들에게 있어 장호는 좋은 먹잇감이었다.

“이놈! 네놈들도 한 패렷다!”

검을 뽑아든 그들이 장호를 향해 달려들었다.

그 뒤로 곧바로 도착해, 인상을 찌푸린 혈독수가 말한다.

“죽이면 안 되겠지?”

“대주께서 화내실 겁니다.”

웃음을 보인 조창이 장호를 앞질러 튀어나갔다.

“엇?”

마치 장판교의 장비처럼, 달려드는 무인들을 혼자서 막아낼 생각을 하고 있던 장호가 비명을 내지른 건 이미 뒤늦은 후였다.

“악!”

“빠, 빨라!”

"뭐, 이런 놈들이!"

빛처럼 번뜩인 조창의 곤이 무인들의 어깨 혹은 다리를 연달아 두들겼다. 의기로 뭉쳤다고는 하나 잘해야 일류 안팎에 그친 그들이 강기마저 수월하게 다루는 초절정 고수인 조창을 막을 수단은 없었다.

"치사하게 먼저 나서는 겁니까!"

장호가 조창을 향해 투덜거렸다.

"장 대협의 창은 날카로워 이런 이들에게 쓰기에는 좋지 않습니다. 그보다는……."

조창의 시선이, 다른 방향으로 향한 전동과 조현 등이 막아서고 있는 인물들에게로 향했다.

그들은 달랐다.

검을 들고 맞서려 하지만 의기에 의한 일이 아니다.

분노와 광기로 가득한 그들의 시선과 끈적끈적한 기운이 말해 주고 있었다.

마인!

수준을 어림잡아 청색 가면이 어울리는 이들이다.

따지자면 백린교의 진짜 가지라 할 수 있는 인물들.

"쳇, 확실히 나한테는 저기가 더 어울리겠구먼."

시선을 돌리기가 무섭게 튀어 오르는 핏물을 보며 웃음을 흘린 장호가 발걸음을 옮겼다.

"나도 저쪽이 더 잘 맞을 것 같군."

혈독수 역시 짧은 말을 남기며 반대편을 향해 뛰었다.

"어, 그러면……?"

얼떨결에 혼자 남게 된 조창의 미간이 묘하게 일그러졌다.

"놈을 잡아라!"

"신우협려 대협의 집을 지켜라!"

"우와아아—!"

어느덧 그들의 존재를 인식한 무인들이 새로이 몰려들고 있다.

아무리 무공 수준이 차이가 난다지만 한 손으로 막기에는 버거운 수준.

심지어 죽이는 바가 목적이 아니라, 제압해야만 한다.

'무엇보다 이거…… 내가 완전 악당이 된 기분이로군.'

여러모로 난감한 상황에 봉착한 조창이 다시금 자신의 애병을 강하게 움켜쥐었다.

어쩌겠나.

"운명이 나를 이리로 이끌었거늘."

한숨을 쉬며 진각을 밟는 조창이었다.

*　　*　　*

"애송이, 네놈이 먼저 올 줄은 몰랐다."

"왜, 난 늘 피하기만 할 줄 알았나 보지?"

"겁 많은 자라 같은 겁쟁이 아니었더냐?"

"그 자라가 이번엔 네가 되었네."

동수(同數).

어느 한쪽도 밀리지 않는 격한 싸움 속에서 두 사람의 격장지계(激將之計)가 빠르게 오갔다. 서로의 실력이 얼추 비슷하다는 것은 작은 실수에도 목이 달아날 수 있다는 뜻이다. 마음의 흔들림이 그 실수를 만들어낼 것이야 뻔했다.

그리고 그 첫 기회는, 정범에게 찾아왔다.

"흐흐…… 지금 나보고 자라라고 한 게냐?"

"한 말을 되돌려줬을 뿐이지."

"애송이 놈이 무공 좀 늘었다고 기고만장해졌구나."

검은 안광을 뿌린 마노의 신형이 안개처럼 흩어졌다.

'이건…….'

일전에 이미 겪은 바 있던 마노의 괴이한 무공이다.

당시에는 나름대로 방법을 찾아보다, 딱히 어찌할 수가 없어 결국 개싸움처럼 바닥을 굴러야만 했다. 이번에도 그래야 할까? 정범은 내심 고개를 내저었다.

기운의 흐름이 괴상했다.

아무리 기운을 읽어 보려 하여도 알 수가 없다.

다행히도 정범은 얼마 전, 이와 비슷한 무공을 경험했다. 또한 그를 파훼하기까지 했다.

"다시 밑바닥을 굴러봐야 정신을 차리겠구나. 놈!"

흩어졌던 마노의 신형이 정범의 등 뒤에서 나타났다.

번개처럼 출수한 손은 당장에라도 정범의 살 뭉텅이를 뜯어낼 듯 쫓아온다.

"억!"

하나 결국 비명을 내지른 것은 마노 측이었다.

정범의 머리 위에서 기다리고 있던 검 한 자루가 그의 손목을 단숨에 두 동강 낼 듯 무섭게 내리 꽂힌 탓이었다.

파밧—!

검이 지붕에 박히고, 손을 뻗었던 마노가 뒤로 훌쩍 물러났다.

"네놈이 어떻게……!"

자신의 위치가 들킨 것이 믿기지 않는 마노가 두 눈을 크게 부릅뜨며 외쳤다.

"알고 한 게 아니지."

정범이 그런 마노를 향해 웃음을 보였다.

보이지 않았다.

처음에도 그러했듯 느낄 수 없었다.

마노가 모습을 드러내고, 손을 뻗는 순간에야 알았다.

때문에 정범의 검은 뒤늦게 출발할 수밖에 없었다. 하나 마노의 손보다 빨리 도착할 수는 있었다.

'후발선제(後發先制).'

적마왕과의 싸움이 끝난 이후, 곧장 마노를 떠올렸다.

다음에도 그와 같은 싸움을 겪으면 어찌해야 할까?

다시 바닥을 구르는 것도 방법일 수 있다.

하나 또다시 같은 수가 통할 것이라는 생각은 들지 않았다. 그때 당시 정범의 머릿속에 떠오른 방법이 바로 그 후발선제였다. 시작은 늦지만 먼저 도착한다. 이제는 자리에 없는 오이한의 검을 보며 몇 번이고 생각했던 광경이었다.

'오이한의 검은 언제나 제일 느린 듯했지만, 상대보다 먼저 도착했지.'

그 신비한 현상에는 분명 묘(妙)가 있었다.

찰나의 순간, 직선으로 뻗어오는 상대의 검 혹은 손보다 더 빠른 동선(動線)을 찾아내야만 한다는 어려운 과제였다. 쉬운 일은 아니었다. 상대가 고수일수록 더욱 힘든 일이다. 뛰어난 고수에게서 쓸데없는 움직임이 사라지는 것은 당연한 일이니 말이다. 하지만 분명 그 간결하고 짧은 움직임보다 무결(無缺)한 길이 존재한다. 정범은 이번에도 흐름을 구곡했다. 발이 풍보를 따라 움직이듯, 검을 흐르는 기운에 실어 보냈다. 그 행위는 직접 팔을 뻗을 필요도 없었으니 더욱 빨랐다.

"그럴 리가, 그럴 리가 없다."

믿기지 않는다는 듯 마노가 다시 한 번 기척을 감추고 주변으로 녹아들었다.

보이지도 않고, 흐름에도 아무런 변화가 없다.

분명 사기(死氣) 속에 억지로 몸을 숨긴 적마왕보다 한 수 위의 수법이다. 하나 여전히 결과는 같았다.

슉—!

공격을 위해 기척을 드러내는 순간 검이 움직인다.

늦었지만 먼저 도착하려 한다.

몇 번의 시도 끝에, 자신의 공격이 먹히지 않음을 인정한 마노가 거리를 벌렸다.

"애송이, 제법 재미있는 재주를 익혀 왔구나."

"네놈은 여전하군. 할 수 있는 게 그것밖에 없나 봐?"

정범이 도발했고, 이미 격장지계에 말려 있던 마노가 눈이 돌아가 앞으로 뛰쳐나왔다.

"죽여 버리겠다!"

"할 수나 있으면!"

다시금 정면 격돌이 시작되었다.

정범은 자신 있었다.

아무리 뛰어난 고수라 하여도 흥분하면 저도 모르게 빈

틈이 생기기 마련이다. 이번 정면승부에서 치명상을 입힐 수 있을 거라 자신했다. 하나 현실은 달랐다. 마노의 무공은 흔들리는 와중에도 완벽했다. 아니, 오히려 더욱 단단해져 갔다.

'대체 이게 무슨……!'

카가가강—!

흔들리면 안 된다.

당황스러울수록 더욱 몰아쳐야 한다.

정범은 스스로를 채찍질하며 단전의 내력을 쥐어짰다.

* * *

호마왕은 가는 눈으로 지붕 위의 싸움을 바라보았다.

'저 젊은 놈은 대체 정체가 뭐지?'

마노는 현재 완전하지 않다.

단순히 무공만 따지자면 백린교 내에서 상위 전투력으로 분류되는 삼대마왕(三代魔王)과 동급일 터다. 하나 마노의 진정한 힘은 무공이 아니었다.

마노에게는 위엄이 있다.

오로지 한 길에서 정점을 찍은 이들만이 품을 수 있는 종주의 기(氣)다.

종주란 말 그대로 먹이사슬의 정점에 선 존재다. 종을 가리지 않고, 상대를 가리지 않고 위엄을 통해 상대의 기를 빼앗거나 억누른다. 때문에 같은 혹은 더 상위의 무공을 가지고도 맞서 싸울 수가 없는 것이다.

한데 눈앞의 젊은 사내는 그러한 종주의 기에 조금도 짓눌리거나 밀리는 기색이 없었다. 오히려 반대로 마노의 기를 잡아먹고 있는 것처럼 보이기도 했다.

'저 젊은 나이에 종주의 경지에 오른 건가?'

아니, 그렇게는 보이지 않는다.

언젠가 분명 그 경지에 닿을 수 있을지도 모르지만, 아직은 종주라고 보기에 사내의 기운은 미숙(未熟)했다. 한데 어째서 사내와 마노의 싸움은 저리 치열하단 말인가? 이해할 수 없었다. 굳이 억지로 이해하려 한다면 단 한 가지를 떠올릴 수 있을 뿐이다.

'정말 상성이란 것이 존재한다는 말인가?'

어찌 됐든 호마왕도 지켜보고만 있을 수는 없었다.

홀로 판을 뒤집을 수 있는 마노는 정체불명의 사내에게 발목이 묶였다. 그 와중에 갑작스럽게 모습을 드러낸 적들은 정확하게 백린교의 신도들만 걸러 피를 흩뿌리고 있는 중이었다.

'조금만 더 있었으면 진법을 완성할 수 있었을 텐데.'

생각보다 빠른 적의 침입에 계획이 완전히 무너졌다.

본래 직접 나서 싸우는 쪽은 성미도 맞지 않고, 잘하지도 못하지만 이번에는 어쩔 수 없었다. 마노가 당해서도 안 되고, 더 이상 부하들을 잃어서도 안 된다.

'이놈들, 백린교 마왕의 무서움을 보여 주마.'

지켜보고 있던 호마왕이 몸을 일으켰다.

번쩍—!

빛살처럼 날아든 신형은 또 다른 백린교 무인의 머리를 향하던 조현의 곤을 막아선다.

캉—!

검과 곤이 부딪치며 쇠울음이 일었다.

"우웨에엑—!"

동시에 조현이 핏물을 폭포처럼 쏟아내며 제자리에서 무너졌다.

무기가 부딪치는 순간 타고 들어온 호마왕의 기가 그의 내부를 진탕시킨 탓이었다.

"이놈이!"

장호가 놀란 눈으로 곧바로 조현의 앞을 막아서 창을 내뻗는다.

캉—!

다시 한 번 검과 창이 부딪쳤다.

동시에 장호 역시 속이 크게 진탕되는 것을 느꼈다.

단순히 내력의 차이가 아니다.

'이놈도 기이한 사술을…….'

치밀어 오르는 핏물을 억지로 짓누른 장호가 휘청이며 제자리에 똑바로 섰다. 부릅뜬 두 눈은 호마왕을 마주한다.

"어리석은 놈들. 애가 어디라고 겁도 없이!"

호령하는 호마왕의 눈에서 살기가 번뜩였다.

비록 자신이 없다고는 하지만, 그 역시 오만 백린교도 중 최정상에 선 마왕 중 한 명이었다. 일반적인 무림인이 그를 상대하기 위해서는 백 명이 와도 모자라다.

"모두 죽여 버리겠다!"

살기를 토하며 다시 한 번 걸음을 내딛으려는 순간이었다.

"개소리 하고 앉아 있네!"

마치 번개처럼 날아온 전동의 발이 호마왕의 턱 끝을 스쳤다.

'빠르다……!'

자칫 실수했다면 순식간에 머리가 날아갈 뻔했다.

하지만 결국 살았다. 그렇다면 승부는 이미 난 것과 다름이 없었다.

"이노옴!"

호마왕이 거친 외침을 토했다.

동시에 그의 입에서부터 내력의 물결이 퍼져 나왔다.

그 괴이한 무공에 다음 공격을 준비 중이었던 전동의 안색이 창백해졌다. 무기가 직접 닿았을 때만큼은 아니지만 내부가 뒤흔들렸다. 동시에 머리 위로 다가온 호마왕의 검은 심장을 섬뜩하게 할 정도였다.

하나 전동은 전동이었다.

강호에서 발 빠르기로만 따지자면 세 손가락 안에 들어가는 인물.

빠르고 위험한 공격이었지만 결코 쉽게 당하지 않았다.

"어디 쥐새끼처럼!"

흥분한 호마왕이 마구잡이로 검을 휘둘렀다.

지이잉— 지잉—!

스치지도 않았음에도 느껴지는 강기의 진동이 점점 더 전동을 괴롭게 만들었다.

'이놈…… 음공(音功)을 쓰는구나.'

상성 상 발이 빠른 전동에게는 최악의 적.

하지만 전동이 아니면 이 자리에서 상대할 수 없는 인물이기도 했다.

'버티기나 하면 다행이려나.'

부상을 입은 조현에게 내상약을 먹이는 장호를 흘낏 바라본 전동은 마음속으로 바랐다.

'대주 이 망할 놈아. 내가 죽기 전에는 꼭 끝내야 한다.'

진심으로 바라고, 또 바랐다.

*　　*　　*

아래의 싸움이 격렬해질수록, 지붕 위의 싸움 역시 더욱 더 거칠어졌다. 기이하게도 마노의 무공이 시간이 갈수록 강해지고 있는 탓이었다. 다행인 점을 뽑자면, 정범 역시 그에 발맞춰 성장하고 있었다.

'이걸 성장이라 해야 하나?'

정확하게 말하면 발맞춰 힘이 늘어나고 있다.

무언가를 빼앗는 느낌도 들었다.

마치 마노에게 모두 향해야 할 힘을 중간에 둘이서 절반으로 나눠 가지고 있는 기분이었다.

'설마 흡정마공이?'

되도록 사용하지 않기 위해 봉인한 무시무시한 힘을 떠올린 정범의 등 뒤로 식은땀이 흘렀다. 흡정마공은 여러모로 위험하다. 모순된 점은, 그 힘이 지금 큰 도움이 되고 있다는 사실이었다.

만약 이 상태로 계속해서 마노만 강해졌다면 결국 먼저 무릎을 꿇는 쪽은 정범이었을 터니 말이다.

"이노옴, 제발 좀 쓰러져라!"

"내가 부탁하고 싶은 말이로군. 근데 재주는 그게 전부였나 봐?"

"물론 아직 더 남아 있지. 다만……."

마노의 눈이 가늘어졌다.

사실 그가 익힌 마공은 백 가지가 넘었다.

그것도 삼류 잡학 같은 것은 모두 버리고, 하나, 하나가 신공절학과 동급의 위력을 가진 마공을 뽑아 익힌 게 그 정도다. 문제는 그중 대다수의 마공이 그 위력만큼이나 위험성을 동반하고 있다는 사실이었다. 마공이 괜히 마공이 아니니 말이다.

만약 상대가 다른 사람이었다면, 마노는 그 위험성을 아무런 거리낌 없이 부담했을 터였다.

작은 위험성으로 큰 힘을 얻어 오니 결과적으로 승부에서 이길 수 있게 된다.

하나 눈앞의 정범에게는 차마 그럴 수가 없었다.

'기껏 준비한 흡정진(吸精陣)마저도 같이 나눠 먹고 있는 놈이다. 뭘 해도 안심할 수 없어.'

이제는 확신을 넘어서 경악의 수준이었다.

적어도 마노에게 있어서만큼은 정범은 분명 독사(毒蛇)였다. 치명적인 맹독을 머금은 그는 마노가 가진 힘의 대다수를 빼앗아 먹고 자라나 다시금 되돌려 준다. 마노는 이 순간에 와서야 처음 정범을 보았을 때부터 느꼈던 기이한 직감의 정체를 명확히 말할 수 있었다.

'놈은 내 천적(天敵)이다.'

처음 만났을 때에는 기껏 일류나 될 법한 하수인 주제에 그의 몸에 상처를 입혔으며, 다음에는 그의 내력을 빼앗아 갔다. 이제 와서는 마노가 자랑하는 백마공(百魔功)의 발목마저 묶어버렸다. 싸우면 싸울수록 더 까다롭고 번거로워진다. 다른 이한테는 그렇지 않은데, 오로지 정범에게만 그런다.

이를 천적이라고 표현하지 않으면 어찌 말할까?

정말 지독하다.

매일같이 정범 홀로 내뱉던 말을, 이제는 마노도 인정하고 있었다.

"이 지긋지긋한 악연!"

"누가 하고 싶은 말을!"

쾅—!

폭음과 함께 거리를 벌린 두 사람이 거친 숨을 내뿜었다.

이 상태로만 가서는 잘해 봐야 동귀어진이다.

둘 중 어느 한쪽 혹은 둘 모두가 승부를 걸어야만 되었다.

'내가 먼저?'

마노의 눈동자가 데굴데굴 구른다.

'놈이 먼저 오나?'

정범 역시 진중한 눈으로 마노를 바라본다.

악연이 얽히고 얽힌다.

발을 박찬 것은 동시였다.

"네 이노옴—!"

마노의 양 손에서 검붉은 기운이 넘칠 듯 차오른다.

아무리 기이한 힘을 가진 정범이라 하여도 순수한 힘은 어찌할 수 없는 법이다. 마노는 현재 그가 가진 최대의 수를 꺼냈다.

그를 마주한 정범의 눈이 가라앉는다.

흡정마공?

아니면 다른 어떤 마공?

상대에 대한 생각은 짧았다.

"이제 그만 죽어라!"

정범은 그저 자신이 할 수 있는 최대의 수를 떠올렸다.

어째서인지 힘이 차오르고 있는 지금이라면 분명 해낼 수 있다.

우웅—!

검이 떨리며 강기가 함께 진동하여 둥글게 변화한다. 빠르게 회전하는 그 힘은 같은 강기마저 베어내는 지고(至高)의 힘, 강환이었다.

콰앙—!

강환과, 마노의 검붉은 기운이 부딪치며 굉음을 일으켰다.

하나 어느 한쪽의 힘도 물러섬이 없다.

손을 내뻗은 마노의 눈동자가 급격하게 떨렸다.

'이놈이 마령환(魔令環)을?'

마령환은 마노 본인이 이룩한 힘의 정수다.

물리적인 위력만을 따지자면 마노 본인이 완전한 당시에도 최고로 꼽혀도 부족함이 없던 파괴의 힘! 한데 그 힘이 막혔다. 심지어 정범의 검에 맺힌 둥근 강기는 그의 마령환과 어딘지 비슷하게도 보였다.

"마노오—!"

목소리를 높이는 정범의 눈에는 점점 힘이 깃들었다.

예상대로였다.

일전에는 고작 한 번을 펼쳤음에도 탈진하고 쓰러지고 말았다. 오래도록 지속하는 것은 결코 무리인 게 당연했다. 하나 지금은 된다. 마노와 맞서고 있는 당장이라면 할 수 있다.

카가각—!

정범의 강환이 마노의 마령환을 향해 날카로운 이빨을 세웠다. 마령환은 거기에 지지 않겠다는 듯 더욱 기세를 불러일으킨다.

또다시 백중세.

동귀어진밖에 답이 없는 것인가?

푸욱—!

고민하는 마노의 왼쪽 어깨 위로 차가운 감촉이 깊숙이 파고들며 뜨거운 핏물이 뿜어져 나온다.

"네놈……."

마노의 눈이 부릅뜨였다.

"아쉽군, 심장을 노렸는데."

입가 아래로 얇은 핏물을 흘린 정범의 눈에 아쉬운 감정이 스쳐 지나갔다.

처음부터 정범은 생각했다.

가장 자신 있는 걸 하자.

강환은 강력한 힘이지만 아직 완벽하게 다룰 수 없다. 또한 마노에게 그와 비슷한 힘이 없을 것이라는 생각이 들지는 않았다.

비장의 암수(暗數)가 필요했다.

다행이 일나 넘지 않은 내력으로도 한 자루 검이 그의 의지를 들어 주었다.

이기어검.

그 이름처럼 공중을 유영했으며, 목표했던 마노의 왼쪽 가슴을 향해 날아갔다. 하나 마지막 순간 집중력과 힘, 모든 면이 부족했다.

결국 목표했던 즉사는 실패.

하나 이득이 없는 것은 아니었다.

"쿨럭!"

거친 기침과 함께 핏물을 쏟은 마노의 안색이 창백해졌다.

정범 역시 내상을 입었지만 마노가 입은 내상은 그보다 훨씬 깊다.

그 증거로 순식간에 백중세의 기 싸움이 기울기 시작했다. 강환이 날카로운 이빨로 마령환을 물어뜯고 씹어 먹기 시작한다.

카가각—!

창백한 마노의 두 눈에 고민이 스쳐 지나갔다.

이 상태면 운이 좋으면 양손, 최소 어깨는 내어 주어야 살아남는다.

아니, 거의 죽는다고 봐야 한다.

"네놈……. 결국 이렇게까지……."

마노의 입가로 쓴웃음이 흘러나왔다.

처음 그가 보았던 정범은 개미와 같았다.

굳이 손을 쓸 것도 없다.

곁을 지나가다 남긴 발자국 하나만으로 찍어 죽일 수 있는 하찮은 존재.

다음, 그 다음번을 번복할수록 강해졌지만 어디까지나 변수에 의한 승리를 취할 수밖에 없던 입장이었다. 한데 이제는 완전히 달라졌다.

순수한 무(武).

힘으로 정범이 마노를 압도했다.

비록 완전한 상태가 아니라고는 하지만 지난 오랜 시간 동안 단 한 번도 패배하지 않았던 마노의 가슴에 한 줄기 깊은 상처가 새겨졌다.

"그래, 이번에는 내가 졌다."

인정했다.

마노의 입에서 처음으로, 순수한 패배의 말이 흘러 나왔다.

"그럼 죽어."

정범은 단호했다.

당연한 말이다.

마노가 느끼듯, 정범 역시 알고 있을 것이다.

둘은 서로를 죽여야만 한다.

말 그대로 운명.

서로 웃으며 마주할 수는 없는, 악연(惡緣)이다.

"하지만 아직 죽기는 싫거든."

마노는 눈을 감았다.

'지금 사용하면 분명 타격이 오겠지.'

어쩌면 마노 본인도 죽을지 모른다.

하나 어차피 죽을 위기라면, 목숨을 담보로 도박을 거는 편이 낫다.

우우웅—!

마음이 울었다.

오랜만에 느껴보는 심령(心靈)의 떨림이다.

그 속에 잠든, 오래도록 묶여 있던 야수와 같은 존재가 몸을 일으켰다.

철컹, 철컹.

무거운 쇠사슬을 끊어내며 서서히 몸을 일으키는 존재는 붉은 눈과 아홉 개의 뿔을 가진 마수(魔獸)다.

거대한 몸을 일으켜 세운 놈이 기지개를 켜듯 몸을 떨었다.

철그렁—!

억지로 부여잡고 있던 쇠사슬이 힘없이 풀려나간다.

붉은 눈이 정면을 직시한다.

동시에 감겨 있던 마노의 눈이 번쩍하고 뜨였다.

붉은 광망(光芒)이 번쩍인다.

크아앙—!

이제 막 잠에서 깬 마수가 울부짖었다.

동시에 조금만 더, 라고 생각하던 정범의 몸이 거짓말처럼 멈추었다. 그럴 수밖에 없었다. 다른 이들에게는 보이지 않을지 모른다.

하나 정범의 눈에는 분명히 보였다.

검은 밤하늘마저 뒤덮는 드높은 아홉 개의 뿔을 세운 채, 정범을 내려다보는 거대한 마수. 그 마수의 거대한 발이 정범의 머리 위로 떨어지고 있었다.

피할 수 없었다.

하늘을 덮을 정도로 거대한 덩치를 가진 마수다.

뛴다고 하여, 경신법이 놀랍다고 하여 피할 수 있을 리가 있겠는가? 정범은 마노를 처음 만났을 때와 같이 무력해진 자신을 느꼈다.

'이것이 마노의 심검…….'

피할 수도 없다.

막아선다고 될 일도 아니다.

하나 의지가 꺾여서는 안 될 일이다.

무력하지만 최대한 싸운다.

무한회귀에서 그랬듯, 지금도 마찬가지다.

포기를 떠올려선 안 됐다.

"으아아아—!"

비명을 내지른 정범이 검을 하늘 높이 들어 올렸다.

막아낸다.

밀어낸다.

내부를 진탕시키며 튀어 오른 내력이 세 자루 검을 쏘아 보냈다.

카가강—!

강철보다도, 천하의 그 무엇보다도 단단한 것 같은 마수의 가죽은 날아오른 세 자루 검을 우습게 튕겨내었다.

"마노!"

발악하듯 외치며 뻗어진 검과, 그에 맺힌 강환마저 반짝이는 우윳빛 가루가 되어 사방으로 흩어진다.

결국 마수의 거대한 앞발이 정범을 짓눌렀다.

쿵—!

마음이 잡아먹혔다.

第三章

전설

음공을 다루는 호마왕은 전동에게 있어 분명 최악의 적수였다.

"아무리 발이 빠르다 하여도 음속(音速)에 미칠 수 있을까!"

호마왕의 검초(劍稍)는 그야말로 중구난방이었다.

따지고 보면 삼류잡배보다도 못한 수준이다.

하나 그 검이 진동하며 뻗어져 나오는 음공만큼은 단연 천하제일을 논하기에 부족함이 없었다. 온몸을 피로 물들인 채, 거친 숨을 내뿜고 있는 전동의 손끝이 파르르 떨렸다.

"이러다 진짜 곧 죽을 것 같은데."

정범과 마노의 싸움을 돌아보고 싶지만 그럴 여유도 없었다.

호마왕의 음공은 무섭게 그를 쫓아왔고, 잠깐이라도 한눈을 팔 틈새를 주지 않았다. 피하기도 급급하다는 말이 정말로 어울렸다.

"그래도 나름 천하에서 발이 가장 빠르다고 자부하던 몸인데 말이지."

헛웃음이 나온다.

가장 빠른 발을 가졌다고 한 주제에, 그 발이 느려 이 고생 중이다.

"빌어먹을, 가까이라도 다가갈 수 있으면 좋으련만."

호마왕은 전동의 빠른 발을 의식하여 접근전 자체를 허용하지 않았다.

멀리서 검을 휘둘러 보이지도 않는 음파(音波)를 쏘아 보낼 뿐이다.

"푸하하! 가까이 오면 내 음공을 그렇게 피할 수나 있을 것 같은가!"

전동의 말에 비웃음을 날린 호마왕이 계속해서 검을 휘둘렀다.

그야말로 거리가 있기에, 검이 휘둘러지는 방향을 보며 아슬아슬하게 피하고 있는 전동의 입가로 웃음이 번졌다.

"그것도 맞는 말인데, 자신 있으면 가까이나 와 보든가."

"어설픈 격장지계!"

"안 먹히네."

누구의 도움도 바랄 수 없다.

정범과 마노의 싸움은 생각보다 길어지고 있는 듯했다. 무어라 탓할 수도 없었다.

등 뒤까지 느껴지는 저릿저릿한 기운의 파동이 둘의 싸움이 얼마나 치열한지 알려주고 있었다.

'결국 저놈은 순수하게 내 몫이란 말인데…….'

어쩌란 말인가.

어찌해야 한단 말인가.

고민해 봐야 답은 하나뿐이었다.

소리보다 빠르게 움직이면 된다.

'갑자기 스승님 얼굴이 떠오르는구먼.'

이미 반백 년도 지난 오래전 그 날, 죽기 전 전동의 스승은 말했다.

뇌광보(雷光步)를 대성하면 가히 빛을 따라 뛸 수 있을 것이다.

물론 전동은 처음부터 그 말을 믿지 않았다.

빛이 얼마나 빠른지 자세히는 알지 못하지만 천하 모든 사람의 눈앞에 환하게 떠다니는 것이 바로 '빛'이란 놈이다. 정말 그 빛만큼 빠르게 뛸 수 있다면 그 전에 몸이 부서질지도 몰랐다.

실제로 뇌광보의 경지를 대성까지 이룬 지금도 번쩍이는 번개만큼 빠르게 뛰어본 적은 없었다.

그와 비슷한 움직임을 보인다지만, 어디까지나 닮았을 뿐이다.

결론만 말해, 빛과 함께 달린다는 말은 불가능이라는 소리였다. 위기의 순간에 과거까지 떠올리며 전동이 주시하고 있는 부분은 오히려 다른 쪽에 있었다.

'그러고 보면 소리랑 빛 중 어느 쪽이 빠른가?'

전동의 입가로 웃음이 번졌다.

말할 것도 없었다.

당연히 빛이 더 빠르다.

그리고 그의 발은 정말 빛을 쫓지는 못하지만, 그와 비슷하게 움직일 수 있다고 소문이 났다. 그래서 전동이다. 번개와 같은 발을 가졌다고 하여 붙여진 별호다.

'꼭 내가 음속보다 느리다는 법은 없잖아?'

눈으로 호마왕의 검로를 쫓으며 살짝 몸을 비튼 전동의 입가로 미소가 번졌다. 대성했다고 믿고 있는 뇌광보를 한계까지 끌어 올렸다. 몸 안에서 기운이 들끓다 못해 폭발할 듯 마구잡이로 날뛴다. 오랜만에 전력으로 힘을 끌어내는 기분은 묘했다. 분명 한계를 뛰어넘을 수도 있을 것이라는 생각도 들었다. 하지만 실패하면 죽는다. 뇌광보가 진짜 생각한 것처럼 음속보다 빠른 경신법이 아니라면? 전동 본인의 재능이 거기에 미치지 못한다면? 남는 건 죽음이다.

'난 진짜 도박 안 좋아하는데…….'

전동이라는 남자는 본래 확실한 일에만 몸을 담그는 사내였다. 오죽하면 인생의 좌우명이 얇고 길게 사는 것이겠는가? 한데 그 삶이 단 두 사람과의 만남으로 완전히 뒤바뀌어 버렸다.

'제갈우현.'

놈이 시작이었다.

제갈가의 장난꾸러기가 그를 또 다른 인연.

'정범.'

그 이름을 가진 진흙탕에 몸을 담그게 했다.

참으로 짧고 굵게 살 것만 같은 인생에 몸을 던지게 해 버렸다. 그냥 보고 있으면 마음이 끌리는 괴상한 놈을 만나 버린 것이다.

"잡았다, 놈!"

생각이 깊었던지, 아니면 몸이 지친 것인지, 아슬아슬하게 길 피하고 있었는데 어느덧 눈앞에 다가온 음공이 그의 고막과 뇌를 흔들었다. 시야가 흐려지고 귀에서 핏물이 쏟아졌다. 아무것도 보이지 않는다. 그야말로 눈앞이 캄캄하다. 그 상황이 되어서야 확실히 결론을 내린 전동이 읊조렸다.

"에라, 모르겠다. 이참에 인생 좌우명이나 바꿔보지 뭐. 난 그냥, 굵고 길게 살란다."

"뭐?"

파앗—!

위기 상황에도 미소 짓고 있는 전동을 보며 속으로 비웃음을 띠고 있던 호마왕의 눈이 부릅뜨였다. 전동이 정면으로 뛰어오기 시작한다. 방금 전 공격에 당한 영향인지 비틀거리면서도 참으로 빠른 속도다. 눈을 두어 번 깜빡일 즈음이면 당장 그의 눈앞에 도달할 속도다.

"아무리 그래도…… 음속이 더 빠르다!"

파앗—!

강기를 두른 검을 거칠게 휘두른 호마왕의 입가로 미소가 번졌다.

거리가 더욱 가까워졌다.

이 거리에서라면 결코 전동은 피할 수 없다. 곧 제자리에 무릎을 꿇고 피를 토할 것이다. 아니지, 그 정도가 아니다. 칠공(七空) 전체에서 피가 폭포처럼 쏟아져 내릴 것이다. 그걸로 끝이다. 비명도 좀 지르겠지. 괴로울 게 분명하다. 살아남을 수 있을 리는 없었다.

음속보다 빠르지 않는 한 말이다.

"하…… 진짜 되네."

의문을 표할 틈새도 없었다.

비틀거리며 다가오던 눈앞에서 전동이 사라졌다.

처음에는 잘못 본 줄 알았다.

그리고 그 순간 이미 전동의 손이 호마왕의 목 앞까지 다 가왔다.

"컥!"

숨통이 틀어 막히고, 쥐고 있던 검을 손에서 놓은 호마왕의 몸이 파르르 떨렸다.

이제는 알았다.

'노, 놈이 진짜…….'

음속보다 빨랐다.

믿을 수 없지만, 대체 영문을 알 수 없지만 분명한 사실이었다.

'어서 반격을…….'

음공은 꼭 검을 통해서만 발휘할 수 있는 것이 아니다.

편의상 무기를 사용하지만 사실은 그보다 더 훌륭한 비장의 수가 있다.

"너……."

퍼벅—!

"안 되지. 말을 하는 것도 위험하게 느껴진단 말야."

호마왕이 더 이상 입을 열기도 전, 빠른 속도로 주먹을 휘둘러 그의 머리를 부숴버린 전동이 제자리에서 주저앉았다.

"하…… 이걸 뭐라고 해야 할까."

눈앞에 일렁이는 것 같은 호마왕의 공격이 보이던 마지막 순간, 모든 내력을 일거에 쏟아낸 그의 눈앞에 세상이 일그러지듯 접혔다가 펴졌다.

천지가 소통하듯 머리에서부터 발끝까지 쾌청한 기운이 부드럽게 쓸고 지나갔다. 덕분에 정말, 음속보다 빠르게 달릴 수 있었다.

"이제 좀 알겠군. 대주 녀석이 보던 세상이 어떤 건지. 그나저나 저쪽도 끝났나? 결과가……."

지친 표정으로, 격돌하는 기운이 느껴지던 지붕 위를 바라본 전동의 눈매가 일그러졌다.

부릅뜨인 두 눈은 붉게 물든다.

"대주!"

저도 모르게 목소리가 터져 나오고, 지친 몸이 멋대로 날았다.

* * *

지붕 위.

공허한 눈동자로 멍하니 선 정범을 바라보는 마노의 손끝이 떨렸다. 목숨을 걸고 한 도박은 성공했다. 그의 심검은 훌륭하게 정범을 집어 삼켰으며, 승리를 가져다주었다. 물론 피해가 없지는 않았다. 지금 당장 눈앞의 정범을 죽여야 한다고 생각하면서도 손가락 하나 까딱하기 힘들 만큼 몸이 무겁다.

'누가…….'

도움을 요청하기 위해 시선을 돌리던 마노의 눈에 늙은 얼굴의 난쟁이에게 붙잡혀 머리가 터져 나가는 호마왕의 모습이 보였다. 절로 인상이 찌푸려졌다.

'쓸모없는 놈.'

주변을 둘러보았다.

그뿐이 아니었다.

정범이 이끌고 온 동료들 덕에 백린교의 무인들은 제대로 손을 쓰지 못한 채 당하고만 있었다.

도울 사람은 누구도 없다.

다행히, 이런 상황은 마노에게 익숙했다.

'또다시 혼자로군.'

혼자.

그 단어를 떠올린 순간 문득 두 눈이 눈앞의 정범을 향했다.

'네가 나를 이해했다면…….'

물론 가능할 리가 없다.

마노라는 인물을 이해하기 위해서는 미쳐야만 한다.

정범은 분명, 그런 광인(狂人)이 될 수도 있었지만 더 이상은 아니다.

"대주!"

기이한 감정을 느끼는 마노의 귓가에 전동의 다급한 목소리가 들렸다.

시선을 돌리니 미친 듯이 날아오르는 신형이 보였다.

'빠르군.'

마노가 아는 수많은 무인들 중에서도 제일에 꼽을 만큼 빠르다. 주변에서 쏟아지는 기운 탓에 서서히 몸을 회복하고는 있었지만 당장 싸워서 이길 수 있는 상대는 아니었다.

"다신 볼 수 없겠지."

마지막으로, 눈이 텅 비어버린 정범을 다시 한 번 바라본 마노의 신형이 뒤로 훌쩍 물러났다.

쾅—!

그 자리에 곧장 착륙한 전동의 발이 지붕을 무너트렸다.

"마노!"

분노한 전동이 몸을 떤다. 가눌 수 없을 정도로 거친 떨림이다.

'아니지.'

마노는 한눈에 전동의 상태를 알아보았다.

분노에 의한 떨림만이 아니다.

두려워하고 있다.

그를, 마노를 알고 무서워하고 있다.

정범을 제외한 일반적인 이들의 반응이다.

때문에 더 웃음이 났다.

"크하하하하!"

이제 더 이상 그를 막을 수 있는 자는 없었다.

하늘 아래 그 누구도! 더 이상 마노의 전설을 막을 자는 없었다.

다시금 천하제일이다.

휙—!

지붕 아래로 뛰어내려 어둠 속을 달려 나가는 마노의 광소(狂笑)가 계속해서 이어졌다.

"크하하! 크하하핫!"

* * *

파앗—!

검을 내뻗어, 발악하듯 뛰어오는 백린교 무인의 심장에 검을 꽂은 북궁소가 재빨리 몸을 뒤로 빼내었다.

쾅—!

폭발이 일어났다.

이제는 제법 익숙한 풍경에 눈 하나 깜짝 안 한 북궁소가 시선을 다시 옆으로 돌린다. 위기는 없었다. 천하에서 내로라하는 무인들만 모아 놓은 추마대에 경험까지 쌓였다. 그들은 차분하게, 막힘없이 목숨을 도외시하고 달려드는 백린교의 잔당들을 베어내고 있었다.

아무런 문제가 없는 상황이다.

'한데 왜…….'

마음이 흔들린다.

저도 모르게 아무것도 없는 등 뒤를 향해 시선을 돌린 북궁소의 입술이 달싹였다. 누구도 들을 수 없는, 혼자만의 목소리를 입 바깥으로 공기 새어나가듯 흘린 북궁소의 검이 다시 한 번 번쩍였다.

서걱—!

목이 베인 시체가 제자리에서 비명조차 내지르지 못한 채 쓰러진다.

다시금 거리를 벌려서 폭발을 피한 북궁소에게로 이십여 명의 추마대원들이 속속들이 몰려들었다.

"모두 추살했습니다."

"더 이상 이곳에 백린교 잔당은 없습니다."

마을 하나를 통째로 은신처로 활용해 모습을 감추고 있었던 백린교도였지만 추마대의 날카로운 눈썰미는 피하지 못했다. 붉은 가면을 쓴 괴이한 사내가 유독 강한 편이었지만 그조차도 문제없었다.

이 자리에는 대주인 그녀보다 압도적인 무위와 경험을 가진 인물이 있었으니 말이다.

"아이고, 늙으니 이 짓도 못 해 먹겠구먼. 조만간 정말 죽을지도 모르겠어."

"수고하셨습니다."

붉은 가면 사내의 목을 일수(一手)에 꺾어버린 파산노사가 내는 앓는 소리에 입가로 부드러운 미소를 그린 북궁소가 빠르게 다가가 말했다.

"수고는 무슨. 고생은 다 같이 했는데 뭘."

"그래도 할머니가 없었다면 더 힘들었겠죠."

어쩌면 죽었을 수도 있다.

붉은 가면 사내는 파산노사를 제외하자면 이 자리에서 최고수라 볼 수 있는 북궁소조차도 엄두가 나지 않는 강적(强敵)이었으니 말이다.

"엄살 심한 늙은이 달래주느라 우리 대주가 고생이 많구면. 진짜 고마우면 이따 자기 전에 어깨나 조금 주물러주든가."

"그럴게요."

"말은 잘해. 내 걱정은 말고 네 몸이나 잘 챙겨. 밤마다 그렇게 검 들고 미친년처럼 날뛰면 병 걸린다."

손을 휘휘 내젓고는 침묵하고 있는 대원들 사이로 섞여 들어간 파산노사가 이곳저곳 눈을 흘긴다.

"다행히 다친 녀석은 없구먼."

처음 백린교와의 격돌 당시에는 이해할 수 없는 공격 탓에 열 명이 넘는 부상자와 사상자가 발생했다. 자신 있게 백린교와의 싸움을 이끌던 북궁소에게는 충격적인 일이었다. 그녀뿐만이 아니라, 나름 무공에 자신감을 가지고 있던 추마대 전원이 백린교의 무서움에 몸을 떨었다. 그 모든 상황을 파산노사가 해결했다.

그녀는 익주의 스승이라는 별칭을 가진 인물답게 순식간에 백린교인들의 서열 구조와 특이사항에 대해 파악하고, 전략을 수립했다.

가장 먼저 처리해야 하는 이들은 푸른 가면 혹은 붉은 가면을 쓴 인물들이다.

그들이야말로 진짜 백린교의 주축.

회색 가면을 쓴 살아 있는 시체들을 움직이는 악(惡)이다.

남은 회색 가면과의 싸움에서는 폭발만 주의하면 된다.

위협적인 건 그들의 무공이 아닌 목숨을 도외시하지 않는 자폭 공격이었으니 말이다.

때문에 파산노사는 조를 짰다.

삼인일조로 묶인 추마대원들은 혹시라도 있을 미연의 위협을 서로의 원조로 완전히 방지하며 부상과 사상을 없앴다. 파산노사의 눈썰미와 계획이 없었다면 이 자리 중 열 이상은 더 죽어 나갔을지도 모를 일이었다. 때문에 추마대가 가진 그녀에 대한 공경심은 굉장히 높았다. 오히려 대주인 북궁소보다 파산노사를 따르는 이들이 많다고 보아도 무방했다.

물론, 북궁소는 그러한 시선에 관해서는 전혀 신경 쓰지 않았다.

애초부터 사람을 이끄는 일은 서툰 데다 자신도 없다.

추마대를 맡기 전에는 언제나 홀로 싸워 왔던 그녀였으니 당연한 일이었다.

"일단 시체를 정리하고 남은 흔적이 없나 찾아봅니다. 그리고 살아 있는 사람이 있다면 보고해 주세요."

물론, 그녀가 말한 살아 있는 사람이란 백린교인이 아닌 일반 양민들을 뜻함이다.

물론, 그런 양민들이 살아 있을 확률은 한없이 무(無)에 가까웠다.

그 누구도 기대를 하지 않는 수색 작업이 이루어졌다.

무거운 마음으로 그들과 함께 몸을 움직이기 시작한 북궁소의 시선이, 유독 몇 번이고 뒤를 향했다. 이상하리만큼 뛰어나가고 싶은 걸음을 억지로 붙잡은 북궁소가 짧은 말을 흘렸다.

"쓸데없는 걱정."

그리고 분수에 맞지 않는 참견.

머릿속에 떠오르는 사내의 얼굴을 지운 북궁소가 다시금 정면만을 바라보기 시작했다.

해야 할 일도 많고, 가야 할 길도 멀었다.

* * *

밤이 되었다.

생존자가 하나도 남지 않은 백린교의 주거지를 벗어나, 인근 숲 사이에 야영지를 펼친 추마대의 분위기는 고요했다.

그리 말이 많은 사람도 없고, 떠들 정도로 여유로운 인물 역시 없었다. 그저 모두가 마음 한편에 숨겨 놓은 원한이라는 칼을 갈 뿐이다.

실상 그것이 추마대를 움직이는 원동력이라 해도 과언이 아니었다.

"쯧쯧, 안쓰러운 것들."

조용한 야영지 속, 말도 없이 앉아 눈을 감고 있거나 경계를 서고 있는 무인들을 보며 파산노사가 혀를 찼다.

"뭐가 그렇게 안쓰러우신 건가요?"

어느덧 그녀의 옆으로 다가온 북궁소가 묻는다.

"안쓰럽지. 다들 가슴 한편에 담은 원한을 감당하지 못해 저러고 있으니."

"강호인이라면 누구나 하나쯤은 있잖아요. 그런 원한."

"맞아. 그래서 난 강호인이 불쌍해. 쓸데없이 허리춤에 검을 차서는 스스로 마음을 차갑게 만들고 있으니."

"할머니는요?"

"나? 난 원래 강호인이 아니지."

"하지만 무공을 익히셨잖아요."

"무공을 익히면 다 강호인인가. 검을 차야 강호인이지."

"말장난이죠?"

"아쉽게도 진심이란다."

따뜻한 미소를 지은 파산노사의 눈을 바라본 북궁소가 웃음을 흘렸다.

농담이든 진담이든, 어떻든 상관없었다.

이런 파산노사와의 대화가 마음에 안식이 된다.

저들처럼 얼어붙기만 하려는 그녀의 마음을 조금은 녹여 준다.

"그래도…… 강호인이라고 해서 모두가 차갑지만은 않아요. 아시죠?"

"네가 할 말은 아닌 것 같다만, 알고는 있다. 나 같은 노인도 있으니 말이다."

"치. 강호인 아니라고 하셨으면서."

"강호인인가 보지. 어쨌든 그래서 안쓰러운 거다. 마음이 얼어붙어도 웃을 줄도 알아야 녹는 법이거늘. 여기 모인 놈들은 죄다 이마에 내 천(川)자가 써져서는 아주 입을 열기가 무서워."

"때가 때니까요. 근데…… 익주 사람들은 원래 말이 그렇게 잘 바뀌어요?"

"왜, 나 말고 또 그런 놈이 있나?"

북궁소의 고운 미간이 살짝 찌푸려졌다.

"생각해 보니, 그 사람은 아니네요. 참 일관된 사람이라……."

"잘생긴 총각이라도 알고 있나 보구먼."

"잘생겼죠."

이렇게 파산노사와 대화하고 있노라면, 북궁소 본인도

깜짝 깜짝 놀라곤 했다. 자신이 이렇게 쉽게 마음을 털어놓는 사람이던가? 지금 눈앞에 있는 이들만큼이나 차가운 마음을 가져 철혈빙공이라 불리던 여인이 본인인데, 이상하게 파산노사 앞에만 서면 솔직해진다. 함부로 꺼내기 무서운 진심조차 가볍게 던져졌다. 정말 놀랍고, 또 놀라운 일이었다.

"흐흐, 나도 근래 잘생긴 총각을 하나 알게 됐지. 친해지고 싶었는데, 안 그랬어."

"못 친해지신 게 아니라요?"

"안 친해진 거야."

북궁소의 껌뻑이는 큰 눈과 파산노사의 가는 눈이 허공에서 마주했다.

"안 친해진 거라니까. 진짜야."

"그렇군요."

"아, 거 진짜래도!"

"믿어요."

"믿기는. 차라리 밤하늘에 해가 뜬다고 해라."

"정말요? 놀랍네요."

"요 녀석이……."

파산노사의 눈가가 활처럼 휘어졌다.

그녀 역시 북궁소와의 대화가 즐거운 것은 마찬가지였

다. 그녀의 과거와, 현재를 잘 알기에 더욱 그럴지 모른다.

'안쓰러운 아이.'

이 자리에 모인 누구 못지않게 어깨에 무거운 짐을 지고 있는 아이다. 가야 할 미래를 생각한다면 누구와도 비교할 수 없다. 아마 강호 전체를 따져 기구하기로는 열 손가락 내에 꼽을 수 있지 않을까 싶을 정도였다. 그런 북궁소도 웃을 줄 안다. 농담도 하고, 사랑한다.

"그래, 사랑."

"예?"

"그 잘생긴 총각, 사랑하고 있는 것 아니냐?"

"……."

북궁소는 말문을 닫았다.

하나 대답은 필요하지 않았다.

반짝이는 별을 닮은 그녀의 눈빛이 떨리고 있었다.

그리움에 사무친 간절한 진심을 억지로 누르고 있다.

"만난다면 솔직하게 이야기해 보거라. 기구하다는 게 죄는 아니다."

"노사……."

"어깨나 주물러. 그러려고 온 것 아니야?"

정범에게 했던 말을 북궁소에게도 돌려준 파산노사가 검지로 자신의 왼쪽 어깨를 쿡쿡 눌렀다. 무언가를 말하려는 듯 입술을 몇 번이고 달싹이던 북궁소가 환한 미소를 지으며 몸을 일으켰다.

"그럴게요. 저, 안마는 제법 자신 있거든요."

"말의 반만큼이라도 해 주면 더할 나위가 없겠구나."

밤이 깊었다.

*　*　*

"사랑…… 사랑……."

몇 번을 읊어도 참 입에 안 달라붙는 단어다.

굳이 누군가의 얼굴을 그리지 않아도 얼굴이 붉어지고 민망한 마음이 솟아오르기도 한다.

"노사께서도 참……."

화끈하게 달아오른 볼이 너무 민망하지나 않을까, 양손으로 가린 북궁소가 고개를 내저었다.

[보기 좋습니다.]

"평오."

[그저 솔직한 마음을 표현하고 싶었을 뿐입니다.]

"남자도 너무 알기 쉬우면 인기 없는 법이야. 그래서 결혼이나 하겠어?"

[까짓것, 안 하지요 뭐.]

"정말?"

지친 표정으로 막사로 들어서, 침상 위에 앉은 북궁소가 천장을 바라보며 물었다. 막사 위 검은 장막처럼 드리워진 평오의 그림자가 보인다. 밤이고, 낮이고, 비가 오고, 바람이 세차게 부는 날에도 스스로 고된 자리에 몸을 숨긴 채 그녀를 지켜보고 있는 사람의 모습이다.

"난 기왕이면 평오가 행복했으면 좋겠는데."

[제 마음도 같습니다.]

"사람은 누구나 행복하고 싶어 해."

[한데 소공녀는 왜…….]

한숨 섞인 음성을 흘리던 평오가 말을 멈추었다.

파산노사와의 대화 덕에 조금은 풀린 것 같던 북궁소의 표정이 다시금 굳어지기 시작한다. 떨리는 두 눈에는 훔칠 수 없는 슬픔이 차오르고 있었다.

"그러게. 나도 행복해지고 싶은데, 쉽지가 않네."

[소공녀…….]

"괜찮아. 말했듯이, 무슨 일이 있어도 이겨낼 거니까. 너무 걱정하지 마."

그 말을 끝으로 북궁소가 침상 위의 이불을 머리끝까지 덮은 채 모습을 감추었다. 막사 지붕 위에서 그녀의 기척을 느낀 평오가 한숨을 내쉬었다.

'나는 정말 아무것도 할 수 없는 것인가?'

물을 것도 없었다.

그는 평오였다. 북궁소의 감시 임무를 문파로부터 명령받은 흑영(黑影). 사실 까짓것, 그쯤은 얼마든지 무시할 수 있을지도 모른다. 대신해서 죽게 될 수는 있다. 하나 기껏해야 그 정도다. 두려운 건 죽음이 아니라, 죽음 뒤로도 바뀔 것이 없는 미래였다.

"한심하군."

저도 모르게 입 바깥을 뚫고 나온 목소리에 스스로를 향한 조소가 떠오른다. 다른 흑영들이 보았다면 손가락질했을 것이다.

'멍청하기는…….'

하지만 그렇다고 해서, 진영의 경계를 서고 있는 무인들의 눈마저 속이고 자신의 코앞까지 다가온 정체불명의 적을 모른 척할 수는 없는 노릇이다.

'누굴까?'

검은 무복에 머리를 길게 늘어트린 사내는 거듭 말해, 분명한 적이었다. 그의 몸에서부터 흘러나오는 끈적한 마기가 모든 사실을 말해 주고 있었으니 말이다. 하나 그 이상은 무엇도 짐작이 가지 않는다. 가면도 쓰지 않았으며, 특징할 법한 무언가가 눈에 뜨이지도 않는다. 긴 머리 탓에 얼굴조차 제대로 알아볼 수 없을 정도였다.

'설마 오늘 죽는 건 아니겠지?'

강호를 살다 보면 언젠가 죽을 수도 있겠지.

그날이 오늘, 혹은 내일이 될 수도 있겠다.

이런 생각을 한 적은 많았다.

하나 막상 죽음이란 놈이 가까이 온 것 같으니 아무리 대비를 하고 있었더라고 하여도 마음이 가볍지만은 않았다.

'쉽게 죽지는 않아야지.'

적이 움직였다.

빠르고, 날카롭다.

쐐에엑—!

차가운 바람이 볼을 찢는 것 같은 감각마저 든 순간 평오는 자신의 다짐을 지키지 못한 채 바닥에 쓰러지고 말았다.

"읏."

짧은 신음과 함께, 의식을 잃고 쓰러진 평오를 잠시 내려다본 긴 머리의 사내가 한숨을 내쉬었다.

"시간이 없어서, 미안하군."

직후 사내의 신형이 막사 안으로 파고들었다.

날아든 것은 번쩍이는 검강이다.

막으려면 얼마든지 막을 수 있다.

하나 사내는 대신해서 피하는 쪽을 택했다.

'빨라.'

갑작스러운 기습이었음에도 당황하지 않고 물 흐르듯 피하는 사내를 놀란 눈으로 바라본 북궁소의 검이 다시 한 번 번쩍였다.

한 점으로 시작된 빛은 갈라져, 셋, 늘어서 다섯, 끝에는 일곱이 되어 사내를 향해 날아든다. 시작이 하나였다고 하여, 나머지가 가짜인 것은 아니었다. 모두가 진짜다.

"이건……."

사내가 쓴 목소리를 흘렸다.

생각보다 드높은 북궁소의 무공에 당황한 것이다.

하나 따지자면, 사내의 무공은 그런 북궁소보다 한 수쯤 앞서 있었다.

파바바밧—!

번쩍이는 일곱 개의 빛을 앞으로 내뻗은 양손으로 모두 꺼트린 사내의 손이 또 한 번 번쩍였다.

"……!"

놀란 북궁소가 대처할 새가 없었다.

어느새 그녀의 목을 틀어쥔 사내가 검은 눈을 빛냈다.

"북궁소……."

마치 쇠 바닥을 긁는 것만 같은 거친 목소리를 흘린 사내의 눈에 기이한 열의(熱意)가 깃들었다.

콰—!

동시에, 진영 어딘가로부터 커다란 폭음이 터져 나왔다.

"적이다!"

"침입자가 나타났다!"

잠시 시선을 돌려 바깥의 소란을 바라보던 사내가 노려보는 북궁소의 시선을 마주하며 입술을 달싹였다.

"네가 정녕 우리의 구세주가 될 수 있다면…… 엄한 전설이라도 믿어보고 싶군."

동시에 사내의 손이 북궁소의 수혈을 짚었다.

'정 공자…….'

흐려져 가는 의식 속, 최후를 떠올린 북궁소의 뇌리에 낯익은 미소가 스쳐 지나갔다. 마지막으로 한 번쯤 더 볼 수 있으면 좋으련만, 한번 멀어지기 시작한 의식은 가혹하기만 했다.

"후우……."

잠든 북궁소를 어깨에 들쳐 멘 사내의 시선이 계속해서 붉은빛이 번쩍이는 외부를 향했다.

"살아서 돌아와라."

누구에게 하는 것인지 모를 말을 남긴 사내의 신형이 순식간에 어둠 속으로 녹아들었다.

第四章

이수라

정범이 마노에게 당한 그 순간, 함께 자리에 있던 모두의 시선이 움직였다. 거대한 무언가에 짓눌려 공허한 눈동자가 된 정범과 그를 지키기 위해 날아가는 전동, 뒤를 곧바로 쫓는 혈독수와 사라지는 마노까지. 싸움은 더 이상 없었다. 호마왕과 마노를 잃은 백린교의 잔당들은 검을 놓은 채 도주를 택했다. 남은 추마 이대의 대원들은 뒤를 쫓을 생각을 하지 못했다.

"대주!"

제자리에 무너지듯 쓰러진 정범을 품에 안은 전동이 목소리를 드높였다.

"대주! 대주!"

그 옆으로 내려선 혈독수 역시 다급한 음성을 흘린다.

쿠르릉—!

하늘이 둘의 목소리에 답하기라도 하듯 천둥을 울렸다.

쏴아아—!

직후 투명한 빗방울이 쏟아지기 시작했다.

"대체 어떻게 된 거야? 전동 선배. 무슨 말이라도 해 주시오. 대주가 왜 이 상태인 게요?"

뒤늦게 지붕 위로 올라온 장호가 전동을 재촉하며 물었다. 누가 뭐라 하여도 이 자리에서 가장 강호 경험이 많은 이는 전동이다. 알 수 없는 사태에 그를 의지하는 것은 이상한 일이 아니었다.

"전동 선배."

"대주가 죽은 건가요?"

조창과 조현 역시 믿을 수 없다는 모습으로 장호의 뒤를 따랐다.

다급히 맥을 짚은 조창의 얼굴에 작은 안도가 스쳐 지나간다.

"아직 맥은 뛰고 있어."

"죽은 건 아니란 말이지?"

장호가 흥분해서 외쳤다.

죽지만 않았다면 충분하다.

무슨 일인지 몰라도 다시금 돌아올 테니까.

알고 지낸 시간은 짧지만, 그간 정범은 불가능해 보이는 일을 이미 여럿 해냈다. 무엇보다 이런 데서 쉽게 꺾일 인물이 절대 아니었다.

“뭔가를 알고 있군. 확실히 대주가 살아 있는 건가?”

한 번도 대화조차 섞지 않았던 전동을 향해 혈독수가 묻는다. 모두가 아직은 살아 있다는 말에 흥분하고 있었지만, 오로지 전동만이 자리에 고정된 듯 아무런 움직임도 없고 표정의 변화도 없다. 그냥 안도하기에 좋은 상황은 아니라는 뜻이다.

“살아……는 있지. 살아는 있어. 한데 살아도 산 게 아니지.”

무겁게 입을 연 전동의 눈가로 빗물이 타고 흘렀다.

“아니, 뭔가를 알면 설명을 해달란 말입니다!”

이랬다가 저랬다가, 이해할 수 없는 상황에 콧김을 내뿜은 장호가 전동을 보챘다.

“몸은 살았지만, 마음이 먹혔어.”

“그게 무슨 소리지?”

혈독수의 눈이 차갑게 가라앉았다.

“나도 자세히는 몰라. 단지 먼 과거에 이런 상황을 몇 번

겪었을 뿐이야."

"마노가 한 짓인가?"

"그 말고는 불가능해. 이 넓은 강호에서, 오로지 마노만이 사람의 마음을 잡아먹을 수 있지. 그래서 마노다. 그래서 놈이 무서운 거야."

먼 과거를 떠올리는 전동의 손이 떨렸다.

마신교와의 전쟁에서도 똑같았다.

그때나, 지금이나 마노는 여전히 사람의 마음을 잡아먹는 괴물이었다.

"하면 대주는…… 더 이상 눈을 뜰 수 없다는 거로군."

흐릿한 시선으로 멈춰 있는 정범을 본 혈독수가 떨리는 음성으로 말했다.

"아마도……."

"이게 무슨 말이냐고. 환장하겠네. 그러니까 대주가 죽었단 거요. 살았단 거요? 두 사람 다 답답하게만 말하지 말고 좀 속 시원하게 말 좀 해줘 보시라고요."

장호가 자신의 가슴을 탕탕 두드렸다.

긴 빗줄기가 그의 볼가로도 끊임없이 타고 흐른다.

"적어도 내가 아는 한, 이 상태에서 다시 눈을 뜬 사람은 없었다는 거다."

전동의 시선이, 회색빛으로 탁하게 물든 정범의 두 눈을 향했다. 마음이 죽었다. 혹은 혼이 빠져나갔다고 한다. 그조차도 당시 누군가에게 들은 말이었다. 대체 어떤 원리인지, 무슨 이유에서 이렇게 된 건지는 알지 못했다. 원인을 모르는데 치료할 방법을 찾겠다는 헛생각은 들지도 않았다.

복잡하기만 한 전동의 머릿속에 명확한 한 단어가 떠올랐다.

'죽었군.'

혈독수의 말대로였다.

더 이상 정범은 눈을 뜰 수 없다.

전동의 손이 부릅뜨인 정범의 두터운 눈두덩이를 덮었다.

"단명(短命)할 상은 아니었는데……, 그러게 왜 말을 안 들어서는."

천천히 눈을 감겨주는 전동의 음성이 떨렸다.

"정말 대주가……."

"죽었다고?"

조창과 조현, 정범을 향해 목숨 빚을 졌으니 목숨으로 갚겠다던 두 사람의 동공에도 흔들림이 찾아왔다.

"으아아아—!"

장호가 천둥을 닮은 목소리를 내지르며 눈물을 쏟았다.

혈독수는 묵묵히, 구멍이라도 난 듯 비를 쏟아내는 하늘을 바라볼 뿐이다.

'여기서 끝인가.'

파산노사와의 약속은 충분히 지켰다.

그러니 이쯤에서 그만두면 된다.

복수라든지 쓸데없는 생각은 떠올리지도 않았다.

떠나면 될 뿐이다.

언제나 그렇듯 죽은 자의 옆에 그의 남은 자리는 없었으니 말이다.

'발이 유달리 무겁군.'

인정해야 할 것 같다.

짧은 시간이었지만 정범이라는 인물이 그에게 참으로 많은 흔적을 남긴 것 같았다. 악연에서부터 인연, 동료가 되기까지의 과정이 남긴 흔적이 결코 얕지 않다.

"후우……."

누군가의 한숨이 짙게 흘렀다.

"차갑군."

목소리도 무겁게 떨어졌다.

동시에 이곳저곳 무겁게 떨어지고, 올라가 있던 시선이 빠른 속도로 돌아 한 곳을 향했다. 전동이 덮어 주었던 정범의 눈동자가 멀쩡했다. 천천히 몸을 일으키는 그를 보며,

벌린 입을 다물지 못한 전동이 손가락질을 했다.

"너, 너……!"

"예상외의 행운이라고 해야 하나."

그런 전동을 흘낏거리는 시선으로 바라본 정범이 자신의 몸을 훑었다.

양팔과, 양다리.

의지를 이용해 움직이고자 한다면 얼마든지 가능하다.

내력도 문제없이 움직였다.

확실하다.

상황을 완전히 이해한 정범의 입가로 진한 미소가 흘렀다.

"이제 내 차례로군."

그 기이한 음성에 묘한 눈으로 정범을 바라보고 있던 혈독수가 살기를 일으키며 물었다.

"너…… 대주가 아니군. 누구냐?"

그런 혈독수를 향해 시선을 보낸 정범이 고개를 갸웃거렸다.

"내가 누구냐고? 보면 모르나?"

두 눈과 입가로는 다시 한 번 진한 미소가 번졌다.

"너희들의 대주, 정범이다."

쫘아아—!

빗물이 여전히 무겁게 떨어졌다.

남은 추마 이대의 무인들의 마음 역시 그만큼 혹은 그보다 무겁게 가라앉았다.

눈앞의 남자는 분명 그들이 알고 있는 정범이다.

외형, 목소리, 근골, 무엇 하나 의심할 바 없다. 아니, 애초에 방금 직전까지 계속해서 지켜보고 있던 사람이 갑자기 바뀔 리가 없지 않은가? 한데도 무언가 다르다. 그 사실이 대원들의 머릿속을 어지럽혔다.

"차갑다고 생각했는데, 계속 맞고 있다 보니 시원하군. 장호."

"예, 예?"

도대체 이 상황이 어떻게 된 것인지, 여전히 이해할 수 없는 혼란에 빠져 있던 장호가 깜짝 놀란 목소리로 되물었다.

"동정호를 바라보며 마시는 술맛이 그리 좋다고 했지?"

"그, 그랬지요."

"어디 한번 마시러 가보지. 그 맛이 궁금하군."

느린 걸음으로 지붕 위에서 뛰어내린 정범이 먼저 앞장서 걷기 시작했다. 장호는 잠시 그 뒷모습을 멍하니 바라보았다.

누가 보아도 정범이지만, 무언가 많이 바뀌었다.

적어도 그가 알던 정범과는 분위기부터가 달랐다.

말투 역시 완전히 달라졌다.

일전의 정범은 그래도 상대를 존중하는 편을 선호했다.

한데 작금의 정범은 제멋대로에 거칠어 보인다.

그렇다고는 해도 역시 정범은 정범이다.

장호는 더 이상 복잡한 생각을 하지 않기로 했다.

"같이 갑시다!"

"우리도 따르겠습니다."

조창과 조현 역시 비슷한 생각을 했는지 곧장 그 뒤를 따랐다.

남은 것은 전동과 혈독수, 두 사람뿐이었다.

"저거 정말 그 대주가 맞나?"

"아니지."

전동의 물음에, 혈독수가 확답했다.

단순한 분위기 문제가 아니다.

완전히 사람이 바뀌었다.

다만 의아한 것은 이 자리에 있던 사람은 의심할 수 없이 정범이 분명하다는 사실이었다.

"마공의 영향일까?"

그 물음에, 가는 눈을 좁힌 혈독수가 전동을 바라보았다.

"선배도 모르는 걸 내가 알 거라고 생각하는 건가?"

"그건 아니지만. 어, 그나저나 너 방금 선배라고 했네? 말투에는 싸가지라고는 조금도 안 보이는데."

"……."

침묵으로 대답을 대신한 혈독수 역시 지붕에서 뛰어내렸다.

"따라갈 건가?"

"그래야지."

"대주가 아니라고 생각한다며?"

"그러니까 쫓아가야지."

"정체를 밝혀보시겠다?"

"뭐라도 알아야지 이 찜찜함을 덜어낼 수 있을 것 같으니까."

"하…… 진짜 겁 없는 녀석들이라니까."

전동이 혈독수의 뒤를 따라 몸을 날렸다.

"나도 궁금한 건 못 참거든."

따갑게 쏟아지던 소나기가 그쳤다.

*　　*　　*

그 누구도 모른다.

오로지 정범 본인만이, 자신의 인격이 완전히 다른 두 사람처럼 갈라졌다는 사실을 알고 있었다. 매우 위험한 상황이었다. 따지자면 언제 미쳐도 이상하지 않다는 게 옳았다.

분명한 무한회귀의 영향.

하나 정범은 결국 자기 자신을 잃지 않았다.

그리고 분명한 주(主) 인격을 세웠다.

본연의 정범과 가장 닮은, 밤과 낮이 있다면 마치 낮과 같은 사내다.

'나는 아니지.'

해화루.

동정호가 바로 보이는 드높은 술집의 오 층, 자리 한구석에서 술잔을 기울인 정범의 눈에 기이한 열망이 흘렀다. 주 인격이 사라진 지금, 그를 막아설 이는 누구도 없었다. 또한 본래의 주 인격은 그를 수라귀라고 불렀다.

'수라…….'

분명 제법 어울리는 명칭이었다.

그는 난폭했고, 제멋대로에, 거칠었으니 말이다.

'과거에는 말이지.'

하나 지금은 달라졌다.

정범은 성장했다.

그 말은 곧, 수라귀라 불리던 인격 역시 성장함을 의미했다.

당시의 수라귀가 붉은빛으로 물들어 있는 난폭한 불과 같았다면 지금의 그는 진정한 밤이다.

타오르는 욕구와 거친 감정을 마음 한편에 묻어버리고 갈무리한다. 그 속내에서 어떤 추잡한 생각과 말들이 오간다 하여도 보이지 않는 뒷골목 내의 흘러가는 이야기와 다를 바 없다.

때문에 지금의 그는 자신이 있었다.

사라진 주 인격이 원하던, 바라 마지않던 삶도 살아줄 수 있다. 겉으로만이라면 그보다 더한 것도 할 수 있다. 하나 뒷사정은 아주 많이 다를 것이다. 방법의 차이는 분명 존재할 테니 말이다.

"술맛이 좋군."

입가로 미소를 그리는 정범의 말에 기이한 표정으로 그를 보고 있던 장호가 고개를 주억였다.

"제가 말했지 않습니까. 동정호를 바라보며 마시는 술맛이 그렇게 좋다고."

"먹어본 적 있다고 했던가?"

"사실 이번이 처음입니다."

머쓱하게 웃는 장호를 향해 미소를 보인 정범이 고개를 주억였다.

"충분히 즐겨도 좋지."

그 말과 함께 자리에서 일어난 정범의 걸음이 천천히 창문가로 향했다. 밤의 어둠이 그의 마음을 편안하게 감싸주었다. 유난히 밝은 달도 영 싫지만은 않았다.

'어둠 속에도 빛은 있어야 하는 법이지.'

웃음을 그린 정범의 시선이 동정호 위를 떠다니는 작은 빛 무리를 향했다. 정확하게 말하자면 그 위에 떠 있는 배에서 흘러나오는 빛이다.

배 위로는 반쯤 옷을 벗다시피 한 남자와 여자들이 뒤엉켜 술잔을 기울이고 있었다.

"하하하!"

웃음소리가 여기까지 들리는 듯도 했다.

그 모습을 가는 눈으로 지켜보던 정범이 뒤를 돌아보았다.

여전히 의문이 어린, 혹은 복잡한 눈으로 그를 바라보는 시선들이 느껴진다.

"저것도 해 본 적 없겠지?"

"예. 예. 당연히."

동정호 위, 떠다니는 빛 무리를 가리키는 정범의 말에 장호가 멍하니 고개를 주억였다.

"하러 가지."

"예?"

"대주?"

"너 진짜 정범이 맞지?"

조현과 조창의 놀란 목소리에 이어 전동이 호칭마저 변경하며 캐물었다.

"보이는 대로 생각하고. 생각한 만큼 믿으면 되지 않나?"

그런 전동을 향해 미소를 보인 정범이 창문 바깥으로 훌쩍 뛰어내렸다.

"젠장, 모르겠다. 같이 갑시다!"

이번에도 장호가 가장 먼저 뒤를 따랐다.

조창과 조현의 차례도 같았다.

다만 혈독수와 전동의 경우가 달랐다.

"아무리 봐도 같은 사람이 아니지?"

"척 보면 알 수 있는 일이지."

"하면 붙잡아서 고문이라도 해 볼까?"

"될 것 같나?"

"잘하면?"

전동과 혈독수의 시선이 오갔다.

"오늘 밤을 노려 보지."

"기왕이면 잔뜩 취해서 왔으면 좋겠군."

애초부터 지켜보고 머리를 굴리는 건 두 사람의 취향에

맞지 않았다.

그 시간부터 두 사람은 팔짱을 낀 채 창문 밖 정범이 돌아오기를 기다렸다. 배를 탄 네 사람의 목소리가 간간이 들려왔다. 정범과 장호의 호탕한 웃음소리. 기녀들의 간드러진 목소리. 조창과 조현의 당황한 음성까지. 그런 시간이 장장 세 시진이 넘게 이어졌다.

"젠장, 나도 따라갈 걸 그랬나."

젊은 기녀들과 쉬지도 않고 술을 마시며 어우러지고 있는 네 사람을 바라보던 전동이 아쉬운 소리를 흘릴 때쯤에는 이미 이른 동이 터오고 있는 시간이었다.

그럼에도 네 사람은 들어올 기미가 보이지 않았다.

그중 장호와 정범은 일찍이 뻗어버린 조창과 조현을 뒤로한 채 각자 기녀를 하나씩 끼고 배에 마련된 작은 방 안으로까지 들어갔다.

"저, 저놈들이……."

자연스레 제자리에서 벌떡 일어나며 흥분한 전동이 다시 한 번 아쉬움의 한탄을 토했다.

"저럴 거라고 말이라도 해 주든가!"

"선배."

혈독수가 그런 전동을 보고 한숨을 내쉰 후, 품에서 소도(小刀)를 뽑아 들었다.

"기회입니다. 남자든 여자든, 그때만큼은 마음을 놓는 법이니까요."

"누가 살수 놈 아니랄까 봐 감정이 메말라서는."

그런 혈독수를 향해 눈을 흘긴 전동이 고개를 주억였다.

"어쨌든 맞는 말이다. 나도 그 짓 할 때는 다른 일 신경 못 쓰거든. 흐흐."

동시에 두 사람의 신형이 사라졌다.

*　　*　　*

제법 돈을 쓴 덕일까?

배 한편에 마련된 작은 방은 그럭저럭 갖출 것은 다 갖춘 상태였다.

나름대로 부드러운 이불에 침상, 심지어 향초까지 보인다.

약간은 비틀거리는 걸음으로 침상에 다가가 몸을 누인 정범의 눈이 가라앉았다.

'마노…….'

인격이 바뀌었다지만 그에 대한 원한이 사라지는 것은 아니다. 아니, 오히려 지금의 정범이 가진 악(惡)에 대한 원한이 더욱 컸다. 애초부터 수라귀란 존재는 악을 같은 악으로서 멸(滅)하기 위해 만들어졌다. 목표 의식은 다를 바 없었다.

"무슨 생각을 하고 계시나요?"

그러는 사이, 허물 벗듯 얇은 옷을 단숨에 벗어던진 기녀가 정범의 목에 양팔을 뱀처럼 휘감았다. 입술에 다가오는 촉촉한 감촉은 마치 꿀과 같다. 타고 오르는 혀끝에 담긴 물은 또 어찌나 단지. 조금만 마음을 놓아도 정신을 못 차릴 것만 같았다.

"좋군."

정범의 솔직한 감상에 기녀의 눈이 초승달처럼 휘어졌다.

"고작 이 정도로? 아직 시작도 안 했는걸요."

정범과 기녀의 시선이 묘한 열기를 담은 채 오간다. 침묵이 흐르고, 정범의 입가로 짧은 미소가 흘렀다.

"시작도 안 했는데 이 정도면, 조금 뒤에는 곧장 목에 칼을 꼽겠다는 뜻인가?"

"……."

정범의 물음에 열기를 담고 있던 기녀의 눈동자가 가파르게 떨리기 시작했다.

"수작은 나쁘지 않았지만 상대가 안 좋았구, 퉤!"

검게 죽은피를 거칠게 뱉은 정범이 천천히 몸을 일으켰

다.

"어, 어떻게……."

믿기지 않는다는 듯 몸을 떠는 기녀를 향해 웃음을 보인 정범이 손을 내뻗었다.

콰득—!

여려 보이기만 하는 기녀의 얇은 목이 단숨에 꺾여 부러졌다.

"여래신공이란 게, 여러모로 호신용으로 쓸 만한 편이거든."

죽은 기녀가 남겼던 마지막 의문을 풀어준 정범의 시선이 뒤편을 향했다.

"장호와 조씨 형제를 도와라. 나는 이 밑에 있는 놈을 만나 보지."

배 벽에 붙어, 기회를 엿보고 있던 혈독수와 전동의 몸이 떨렸다.

정범은 처음부터 두 사람의 접근을 알고 있었다.

게다가 이 배는 단순한 노름판이 아니었다.

생각과 많이 다른 상황이었지만, 지금 이 순간 위험할 세 사람을 생각하자 몸이 먼저 움직였다. 죽은 기녀 아니, 암살자의 시체를 무심한 눈으로 바라본 정범의 발이 전각을 밟았다.

꽝—!

얇은 나무판이 단숨에 박살 나며 그 속으로 정범의 몸이 빨려 들어가듯 사라졌다.

챙—!

동시에 검을 뽑아드는 소리가 들렸다.

휙—!

목을 노리고 날아드는 검을 본 정범의 손가락이 가볍게 까딱였다. 동시에 정범의 허리춤에 꽂혀 있던 네 자루 검 중 하나가 화살처럼 쏘아져 나가 상대방의 검을 튕겨냈다.

"……!"

놀란 상대가 다시 한 번 내력을 끌어올렸지만 이미 그의 목 앞에는 정범의 검 끝이 닿은 채였다. 당장에라도 상대의 목을 거둘 수 있는 자세를 취한 정범의 눈에 기이한 감정이 깃들었다.

"붉은 가면이로군."

백린교의 무인 중, 붉은 가면은 유독 강하다.

처음 정범이 만났던 적마왕이 그러했듯 말이다.

한데 이번에는 손쉽게 제압했다. 상대는 반항할 엄두도 내지 못한 채 몸을 떨고 있을 뿐이었다. 이유를 짐작한 정범의 입가로 조소가 번졌다.

"너는 나를 볼 수 있구나."

"……."

붉은 가면의 마왕은 말이 없었다.

대신하여 떨리는 시선을 계속해서 아래로 내리깔 뿐이다.

마는 마로 제압해야 한다.

마음속에서 수라귀가 외쳤던 말은 거짓이 아니었다. 마도는 오로지 힘의 논리에 의해 돌아가는 세상이다. 그리고 그러한 마의 길에 있어, 더욱 강하고 높은 마는 단순한 존재만으로 상대를 무릎 꿇릴 수 있다.

마노가 그 존재만으로 다른 마인들의 머리에 우뚝 서듯 말이다.

이른바 극마(極魔)다.

마노의 경우는 극마 중에서도 최상의 정점에 선 존재.

마로 정(正)마저 무릎 꿇린다.

작금의 정범은 할 수 없는 일.

하나 극마로서 같은 마를 제압하는 것은 어렵지 않다. 예상했으며, 시도했다. 그리고 성공적으로 상대를 제압했다. 머리가 멍해질 정도의 공포에 잠긴 이라면 굳이 거친 고문도 필요 없었다. 정범이 웃었다. 아니, 그 속에 잠든 세 머리와 여섯 팔의 수라(修羅)가 미소 지었다.

"물을 게 많아. 잘 대답해 줄 거지?"

붉은 가면, 마왕의 눈이 크게 흔들린다.

"그럴 거지?"

아수라(阿修羅)가 되물었다.

결국, 마왕의 무릎이 꺾였다.

고개를 주억였다.

*　　*　　*

"고, 고맙습니다. 덕분이 아니었으면 진짜 죽을 뻔했습니다. 선배."

벌거벗은 채, 자신의 물건을 그대로 드러낸 장호가 사색이 된 표정으로 몸을 떨며 말한다.

"그러게, 강호에서는 노인과 어린아이, 여자를 제일 조심해야 된다니까. 쯧쯧."

자신의 속옷 속에 단도를 숨긴 채 장호의 목 바로 앞까지 접근했던 기녀의 시체를 바라본 전동이 고개를 내저었다.

'설마 이런 때에 암살자가 나타날 줄이야.'

마노가 사라진 후, 강릉에서 느껴지던 무서운 냄새가 사라졌다. 때문에 전동도 방심하고 있었다. 살수인 혈독수마저 아무런 위기를 느끼지 못하고 있던 때에, 제 발로 걸어 들어간 유람선(遊覽船) 위에서 이런 일이 벌어질 줄 누가 알았겠는가?

'확실히 한 사람은 알고 있었겠지.'

이 유람선을 의도적으로 택한 인물.

그리고 그들이 쫓아올 줄 알았던 사람.

정범의 얼굴을 떠올린 전동의 가슴 한편이 서늘해졌다.

단순히 분위기가 변한 것 정도가 전부가 아니라고는 생각했다.

때문에 기회를 봐서 제압하고 고문까지 해야겠다고 생각했으니 말이다. 하나 정범은 그의 생각보다 한 수 더 앞서나가 있었다.

'훨씬 더 무서워졌군.'

이전의 정범은 사람을 품는 대인(大人)이었다.

협을 가졌으며, 그렇기에 오히려 상대하기 쉬울 수 있었다. 하나 지금의 정범은 달랐다. 그의 행동에는 협이 없다. 때문에 사람을 품을 수는 없지만, 더욱 무섭고 어려워질 수는 있다.

'뭐가 좋은 건지…….'

어쩌면 정범이 이 강호를 구할 영웅일지도 모른다고 생각했던 전동이었다.

때문에 그 뒤를 따랐다.

보고 싶었으니까.

또한 그래서 그의 죽음을 슬퍼했다.

위태위태한 강호에 한 획을 그을 위대한 인물을 허망하게 잃었다 생각하였으니 말이다. 한데 결국 그 영웅이 다른 모습으로 돌아왔다. 도저히 같은 인물이라고 생각되지 않는 형태로 말이다. 불과 반각 전까지만 하여도 그를 납득할 수 없었다.

한데 지금의 생각은 조금 달랐다.

'영웅은 아니지만…… 간웅은 된다는 말인가.'

전동의 마음이 복잡해졌다.

* * *

서걱—!

기척을 느끼기도 전 뒤를 점해 두 사람의 목을 동시에 벤 혈독수가 차가운 시선으로 잠든 조창과 조현을 바라보았다.

"실력은 제법 있지만 경험이 너무 부족해."

물론 마음을 놓을 법한 상황이었단 것만은 사실이다.

그래도 이토록 정신을 못 차릴 정도로 마신 것은 분명 문제가 있다.

"가르칠 게 많겠군."

혀를 차며 고개를 내저은 혈독수의 시선이 갑판 아래를 향했다. 강렬하게 느껴지던 두 기척이 어느 순간 완전히 종적을 감추었다. 둘 중 하나다.

'싸움이 끝났거나, 둘 다 죽었거나.'

혈독수는 눈을 가늘게 떴다.

배 아래로 내려간 인물이 정말 정범이라면, 이 정도 일에 죽지 않을 것이다.

"어떻게 됐나?"

허겁지겁 옷을 챙겨 입은 장호와 함께 갑판으로 나온 전동이 묻는다. 혈독수는 대답 대신 배 아래만을 계속해서 바라보았다. 고요하다. 내력으로도 어떠한 기척도 느낄 수 없었다. 시간이 꽤나 지루하게 흐르고 완전히 동이 텄다.

삐걱, 삐걱.

그때가 되어서야 핏물이 뚝뚝 떨어지는 마왕의 시신을 가지고 계단을 타고 오른 정범이 갑판에 모인 다섯 사람을 보고 미소 지었다.

"운이 좋았군. 덕분에 적어도 백린교의 몸통쯤 되는 곳을 알아냈어."

툭.

싸늘하게 식은 마왕의 시체를 배 위로 던져놓은 정범이 세 사람 아니, 정확하게 말해 전동과 혈독수를 향해 물었다.

"어떻게 할 거지? 같이 갈 건가?"

"네 목표는 뭐지?"

정범의 질문에 전동이 물었다.

"나도 궁금하군."

혈독수 역시 차가운 눈으로 정범의 붉은 입술을 바라본다. 그런 그들을 무심한 눈으로 바라보다, 떠오르는 태양을 마주한 정범이 말문을 열었다.

"멸악(滅惡)."

"불가능한 꿈을 꾸는군."

혈독수가 비웃음을 남겼다.

꿈이 거창해도 너무 거창하다.

모든 일에는 양면성이 있는 법이다.

빛이 있기에 어둠이 있고, 선이 존재하기 위해선 악이 필요한 법이다.

한데 악을 멸(滅)한다고?

그야말로 헛소리다.

"악의 기준이 어디냐에 따라 다르겠지."

반면 전동은 다른 의미를 받아들였다.

혈독수의 생각대로, 이 세상 모든 악을 멸할 수는 없는 노릇이다. 하나 그 악에 기준을 정한다면 충분히 답이 나올 수도 있다.

다만, 광오했다.

"오만한 말이야. 악의 기준을 네가 정한단 건가?"

"……."

정범은 말 대신 미소를 보인 후 고개를 주억였다.

태양을 마주하고 있음에도, 웃고 있음에도 불구하고 어딘지 모르게 어두워 보이는 그 모습에 저도 모르게 헛바람을 들이켠 혈독수가 다시금 물었다.

"마지막으로 단 하나만. 정말 네가 우리가 알던 그 대주, 정범이 맞나?"

"물론."

"어떻게 증명할 수 있지?"

"지켜보면 알 게 될 거다."

"……우리의 계약은 일단 지속되는 걸로 하지."

작금의 정범은 광오하고 오만하다. 그 속에서 혈독수 역시 간웅의 위용을 보았다.

방향이 다를 뿐 목표로 하는 것은 같다.

그 사실이 혈독수의 마음을 움직였다.

"네놈이 천하일통이라든지, 무림일통이라든지의 헛소리를 했다면 곧바로 떠날 예정이었다만…… 일단은 곁에서 지켜봐 주마. 네 길이 얼마나 험한 곳을 지나가는지."

전동 역시 더 이상 변한 정범을 파헤치려는 생각은 하지 않았다.

지켜보면 알게 된다고 하였다.

정말 아니다 싶을 때, 그때 발걸음을 돌려도 늦지 않다.

꽤나 먼 길을 험난하게 걸어가겠지만 어쩔 수 없는 일이었다.

간웅이든, 영웅이든, 효웅이든, 남들 앞에 서는 이들은 언제나 사람을 끌어들이는 법이다.

그리고 두 사람은 이미 모두 정범이라는 사내에게 매료되어 버렸다.

"내가 어쩌다 이렇게 된 건지. 네가 요 애송이 두 놈 좀 업고 와라."

한숨을 내쉰 전동이 먼저 배 위를 떠났다. 강물 위를 짧게 박차며 신묘하게 뛰어다니는 그의 신법은 가히 전설과 같다 하여도 과언이 아니었다.

"나도 먼저 가서 기다리지."

혈독수도 몸을 날렸다.

배와 배 사이를, 날듯이 이동한 그의 신형이 멀어진다.

"어?"

장호가 무어라 말하기도 전, 정범의 신형 역시 사라졌다.

끼어들기 힘들었던 분위기가 지나간 후, 순식간에 사라

진 세 사람 탓에 무슨 말문을 열 기회조차 없던 장호가 홀로 술주정뱅이와 시체들만 남은 배 위에서 허탈한 웃음을 흘렸다.

"허, 허허…… 술값 한 번 지독하게 치르는구먼."

아침 강바람이 유달리도 시렸다.

* * *

숙소에 들어간 정범은 이른 오전부터 죽은 듯이 잠을 청했다. 전동을 비롯한 다른 대원들이 몇 번이나 찾아가 문을 두들겼지만 아무런 응답이 없어 잠시간은 진짜 죽었거나 사라진 줄로까지 알았다. 하나 정범은 침상 위에 누워 깊은 잠을 청하고 있을 뿐이었다.

"음……."

깊은 잠에서 깬 정범은 천천히 몸을 일으켜 방문 밖을 나섰다. 한창 저녁 시간 때가 되어서인지 식당을 겸하는 일층이 유독 시끄러웠다.

"드디어 일어났나 보군."

난간 한편에 기대어 팔짱을 끼고 있던 혈독수가 정범을 향해 말한다.

"잠은 충분히 자 둬야 하니까."

"밤에 움직일 생각인가?"

"나는 낮보다는 밤이 좋거든."

웃음을 보인 정범이 이미 어둠이 내려앉기 시작한 바깥을 바라보았다.

"유시(酉時)쯤 된 것 같군. 조금 이르긴 하지만 나쁘지 않은 시간이야."

"혹시 하는 마음에 다들 조금씩 눈을 붙여두라고 말해 놓았다."

"잘했어. 어차피 당장 출발할 건 아니니까."

"……."

"아, 너도 조금 쉬는 게 어떤가? 밤이 제법 피곤할 텐데 말이지."

"나 역시 낮보다 밤이 좋은 편이라."

혈독수가 대수롭지 않게 말하자 피식 웃음을 흘린 정범이 고개를 주억였다.

"그렇다면야 뭐. 내려가서 같이 식사에 술이나 한 잔 하지."

대답을 듣지 않은 정범이 먼저 일 층으로 향하고, 혈독수가 그 뒤를 따랐다.

소란스러운 사람들 사이를 피해 마침 자리가 남은 구석에 앉은 두 사람에게로 점소이가 다가왔다.

"술, 그리고 음식."

혈독수의 짧은 말에 점소이의 얼굴에 난감함이 어렸다.

"저 손님……. 우리 객점에서 파는 음식의 종류는 총 십 이 가지이며 술은 다섯 종류가 넘는데 설명해드릴까요?"

"아니, 그냥 둘 다 가장 비싼 걸로 가져다주면 될 것 같군."

대답은 정범에게서 돌아왔다.

"가장 비싼 걸로 말씀이십니까? 그럼 그렇게 해서 음식 양은 이 인분으로 맞춰 내놓겠습니다."

유달리 어두운 분위기가 강한 두 사람의 눈치를 살피던 점소이가 재빨리 멀어졌다.

"돈이 많은가 보군."

"주머니 사정이야 잘 알고 있지 않나?"

정범의 질문에 혈독수가 고개를 저었다.

"개인 주머니까지는 알 수 없는 노릇이지."

"후후, 맞아. 그 개인 주머니가 조금 두둑해. 어제 이후로 말이지."

혈독수의 미간이 살짝 찌푸려졌다.

"피 냄새 나는 돈을 그렇게 뿌리고 다녀서 좋을 건 없을 텐데."

"살수에게 들을 말은 아닌 것 같군."

"……."

다시금 두 사람에게 침묵이 내려앉았다.

대신하여 혈독수는 정범을 뚫어져라 바라보았다.

반면 정범은 그런 시선을 조금도 느끼지 못한다는 듯 바깥 풍경만을 두 눈에 담고 있을 뿐이다.

앉은 자리에 침묵이 길어지니 주변의 소란도 점점 묻혀가는 기분이다. 객점 내에서 따로 갈라진 듯 보이던 두 사람 사이로 끓는 탕과 붉은 술병이 올라왔다. 자연스레 두 사람의 시선이 음식을 내온 점소이에게로 향했다.

"여, 여기 음식하고 술 나왔습니다."

이번에도 점소이는 짧은 말을 남기고 도망가듯 자리를 벗어났다.

"원래 짧은 설명이라도 해 주지 않나?"

정범이 작은 웃음을 보이며 말한다.

"알고 시킨 것 아니었나?"

"워낙 아끼고 살았어야지. 나도 이런 음식이나 술은 처음 봐서."

"용봉탕에 홍화주다."

"호오……."

감탄을 흘린 정범의 시선이 음식과 술을 향했다.

하얀 국물이 아직도 팔팔 끓고 있는 탓에 내부가 자세히 보이지는 않았지만 삐져나온 닭다리와 자라 혹은 거북이의 등껍질로 예상되는 음식이 그의 눈에 들어왔다.

"제법 비싼 재료가 많이 들어가서 이런 작은 객점에서는 보기 힘든 요리지. 숙수 솜씨가 좋았으면 좋겠군."

"음식을 즐기나 보지?"

"정확하게는 음식보단 이쪽을 즐기지."

혈독수의 검지가 홍화주의 병마개를 툭툭 두드렸다.

병을 들어 뚜껑을 연 정범이 혈독수의 잔을 향해 술을 따라주며 말했다.

"좋군. 나도 이제 좀 즐겨 보려고 하는데 좋은 동지가 생긴 기분이야."

혈독수는 말없이 잔을 들어 올려 정범이 건넨 술을 곧장 삼켰다. 제 잔에 술을 따르던 정범이 미소를 보이고는 함께 술잔을 기울인다.

한 잔, 두 잔, 세 잔, 네 잔.

술병이 금세 동났다.

시끄럽던 손님들도 사라지고, 두 병째 홍화주가 상 위로 올라왔다.

그리고 그 술이 모두 사라질 즈음에는 이 층에서부터 잠을 청했던 다른 추마대원들이 하나둘씩 모습을 드러냈다.

"다들 잘 잤나?"

정범의 질문에, 아직도 어안이 벙벙한 표정의 조창과 조현이 먼저 고개를 주억였다.

"예. 잠든 사이에 일이 많았다고 들었습니다. 죄송합니다. 정신을 못 차리고 그런 어설픈 수에……."

"어설프지 않았어. 제법 훌륭한 함정이었거든."

정범이 괜찮다며 조창을 향해 손을 내저었다.

조현은 얼굴을 붉힌 채 아무런 말을 하지 못했다.

"그거 술 아닙니까? 설마 저만 빼놓고 둘이서?"

장호는 입을 벌린 채 다물지를 못했다.

"어제 그렇게 마시고 또 술이 들어가더냐?"

전동은 혀를 찼다.

어찌 됐든 모든 대원들이 자리에 모이자 마시고 있던 술을 모두 털어 넣은 정범이 몸을 일으켰다.

"기다리는 동안 잠시 적적함을 달랜 것뿐이지. 어쨌든 다들 모였으니 본론을 이야기해 보자고."

정범은 팔짱을 끼고 눈을 감았다.

그리고 이른 새벽에 있었던 마왕과의 만남을 떠올렸다.

애초부터 그 함정은 정범 일행을 노리고 만들어진 것이 맞았다.

정확하게 말하자면 호마왕이 꾸미던 일이다.

예상하지 못했던 것은 추마 이대의 빠른 움직임이었고,

합장원의 소식에 물러설까 고민하던 그들 앞에 축배를 들기 위한 일행들이 등장한 것이었다.

호마왕의 계획에 스스로 자원하였던 독마왕(毒魔王)은 그렇게 사신(死神)을 맞이했다.

미끼를 보고 지나칠 수 없던 물고기의 과욕이 그의 명줄을 끊은 것이다. 물론 스스로 미끼가 되었던 어부가 바랐던 일이기도 했다.

덕분에 정범은 생각했던 것 이상의 결과를 얻어냈다.

"우리는 지금부터 익주로 간다."

"익주? 또 여기서 그 멀리까지 가자고?"

"그 백린교의 몸통이란 놈이 익주에 있나 보군요?"

전동의 투정을 무시한 정범이 고개를 주억였다.

"목표는 백린교의 소교주(小教主)."

"……!"

생각지 못했던 정범의 말에 일행들 모두의 몸이 굳었다.

몸통쯤 된다기에 제법 큰 건일 줄은 예상했지만 이건 그쯤이 아니었다. 잘하면 곧장 머리로 연결될지도 모를 일이다.

"그리고 지금부터 우리의 이름은 아수라(阿修羅)로 바꾼다."

아수라는 신화 속에 나오는 영원한 투쟁의 악신이다.

삼면육비(三面六臂)의 귀신왕(鬼神王)은 타락하기 이전, 스스로의 희생을 발판 삼아 마귀들을 묶는 그물이 되고자 하였다. 때문에 끝없이 싸웠으며 온몸을 피로 물들여야만 했다.

작금 자신의 생각을 고스란히 말한 정범이 방금 전까지 술을 마시고 있던 탁자 위로 금자 두 문을 올려놓았다. 용봉탕과 홍화주의 값으로 모자람은 없을 터다.

"이의 있는 사람 있나?"

정범의 질문에, 긴장한 표정의 모두가 고개를 내저었다.

그것으로 되었다.

정범의 입가로 미소가 걸렸다.

잠시 갈라질 뻔했던 추마 이대는 아수라로 새롭게 태어났다. 해야 할 일도 닮았지만 조금은 다를 터였다.

"가자."

훨씬 더 추악하고, 격렬하게.

스스로를 하늘에서 땅 아래 지저(地底)까지 끌어내린 정범의 걸음이 무겁게 나아갔다.

第五章

완전체

마노는 언제나 본인이 제일(第一)이라고 생각하였다.

평범한 의원 시절에는 주내(州內) 제일 의원이라 불러 달라 하였으며, 납치당한 이후 실험체가 되었을 때에는 스스로를 제일 불행한 사람이라 여겼다. 심지어 실험의 여파가 괴상하게 몰아쳐 온몸에 넘치는 힘을 통제하지 못하여 정신이 나가는 순간에마저 그는 스스로가 제일이라 생각했다.

제일 강하다.

영문을 알 수 없는 자신감이 그의 가슴을 가득 메웠다. 길게 내뻗은 손끝으로 빨려드는 생기와 내력 탓만은 아니었다. 방대하게 늘어난 지식과 강인해진 육체만으로도 부족했을 터다.

다시 태어났다고 말하여도 과언이 아닌 그 순간 마노는 불가(佛家)에서 말하는 농담 같은 이야기를 실감할 수 있었다.

천상천하 유아독존(天上天下 唯我獨尊).

하늘 위와 하늘 아래 오로지 그만이 정점에 서 있었다. 굳이 깊숙이 보지 않아도 알 수 있었다. 때문에 첫 행보를 복수로 결정했다.

실제로도 그랬다.

마노는 스스로가 생각했던 것보다 더 강했으며, 더 높이 서 있었다. 그를 마주한 모두가 저도 모르게 고개를 숙였다. 마신교를 제압하는 일은 어렵지 않았다. 모두가 공경하던 교주라는 이마저, 결국 마노의 앞에 무릎을 꿇고 목을 내놓았으니 말이다.

흔히들 정도(正道)라고 떠드는 이들은 조금 다르긴 했다. 그들은 숙여지려는 고개를 빳빳이 들고, 무릎을 세운 채 검을 들이밀었다. 제법 대견하다면 대견했지만 결국 부나방의 날갯짓에 불과했다. 마노는 조금 귀찮은 벌레를 떼어내듯 그들 모두를 찍어 눌러 죽였다.

몰랐던 점은 벌레 중에서도 독충(毒蟲)은 존재한다는 사실이었다.

때문에 함정에 빠졌고, 위기에 몰려 힘의 대다수를 잃었다. 충격적인 상황이었지만 곧 마노는 대수롭지 않게 몸을 움직일 수 있었다.

끝없던 내력과 단단한 육체가 빈 항아리처럼 공허해졌지만 여전히 그는 하늘 위와 하늘 아래에서 유일한 제일이었다. 그 믿음이 있는 한 언제든 다시 부활할 수 있었다.

시간이 흐르고, 마노는 분명 조금씩 부활하고 있었다.

끈질긴 추격이 이어졌지만 이제는 독충의 위험을 알고 있는 마노를 잡을 수는 없었다.

그는 영악하고 착실하게 힘을 쌓아 올렸다.

대흥에서 생각지 못하게 발목을 잡힌 것은, 정말 예상외의 일이었다.

때문에 또다시 힘의 일부를 소모하여 위기를 탈출하여야만 했다.

그리고 놈을 찾았다.

제법 강력한 날갯짓으로 그를 위협하던 모기 두 마리보다 이상하게 신경 쓰이던 작은 날파리 같은 놈. 다시 만난 순간, 두 가지 상반된 감정이 마음속에 소용돌이쳤다.

지금 죽여야만 한다.

아니, 외로운 나를 이해해 줄 유일한 동료일지도 모른다.

참으로 모순된 생각이다.

그리고 연결점이 없는 기이한 상념이기도 했다.

결국 마노는 둘 중 후자의 생각을 따랐다.

나름 모기 두 마리를 향한 유쾌한 복수라고 생각한 것도 사실이었다. 하나 그보다 큰 이유가 있었다. 인정해서, 그는 외로웠다.

천상천하 유아독존.

홀로 제일이면 지고(至高)하니 그 누구도 넘볼 수 없는 유일(唯一)이라.

어느새 고독이라는 병이 그의 마음속 한편에 침입해 있었던 것이다. 그리고 결국 그 병이 끝내 마노의 목을 졸라 왔다.

지독한 악연은 그를 죽음의 위기로 몇 번이나 몰아갔으며, 최후에 최후까지 그를 섬뜩하게 했다.

하지만 결국 승리했다.

어딘지 안타까운 마음도 들었지만 만족한 그는 웃으며 그 자리를 떠날 수 있었다.

유일자(唯一者)의 자리를 되찾았다.

어느 순간부터 느껴지지 않던 스스로가 제일이라는 자부심이 되돌아오리라 여겼다.

하나 며칠이 흘러도 그는 여전히 유일이 아니었다.

혼자가 아니다.

몸을 떨고 이빨을 부딪치며 발정 난 강아지처럼 이리저리 정신없이 돌아다니던 마노는 칠 주야가 더 넘는 시간이 흘러서야 혹시 하고 간직하고 있던 의문을 입 밖으로 내뱉었다.

"놈이 살아 있나?"

물론 명은 붙어 있겠지.

그러나 마노가 생각하기에 생명이란 그런 것이 아니었다.

모든 생명은 육체와 혼(魂)이 함께해야 진정으로 살아 있다고 말할 수 있다.

피륙만 남은 육체 따위가 남아 있다 하여 살아 있다고 표현할 수는 없는 것이다.

그리고 마노의 심검은 그러한 정범의 마음을 집어삼켰다. 악독한 마음과 지독한 아집이 뭉친 거대한 괴수는 삼키지 못하는 것이 없는 절대 악(惡)이자 무서운 아귀(餓鬼)다. 그런 아귀가 집어삼켰으니 혼이 남아 있을 리 없다. 마음이 버텨낼 재간이 없다.

"놈은 죽었어. 죽었다고."

스스로를 향해 주문을 외듯 읊조리던 마노가 손톱을 깨물었다.

쾅—!

그로부터 한 시진이 안 되어 주먹으로 지면을 강하게 내리친 마노는 이를 갈며 눈을 붉혔다.

"놈이…… 살아 있어."

이유는 알 수 없다.

하나 확신은 섰다.

분명히 살아 있다. 더 이상은 부정할 수 없는 일이었다. 그 사실을 깨닫자 마노의 마음이 덜컥 내려앉았다. 무공으로도 잡기 힘들며, 심검마저도 이겨낸 놈이다. 만약 놈이 지금 그를 찾아오면 어쩌지? 분명 마음먹고 나선다면 위치를 찾아낼 수도 있을 텐데?

두근두근.

심장이 마구잡이로 날뛰었다.

뇌리의 감성이 소리쳤다.

'도망쳐야 돼!'

공포가 찾아왔다.

스스로를 제일이라 여긴 이후로 한 번도 찾아오지 않았던 감정이다. 이미 나가 있다 생각한 정신이 마구잡이로 뒤흔들렸다. 너무나 초조하여 저도 모르게 손톱과 발톱을 모두 물어뜯었다. 한참을 그러고 나서야, 이를 악문 마노는 떨리는 몸을 억지로 일으킬 수 있었다.

"빌어먹을!"

콰과광—!

욕을 내뱉은 마노의 주먹에서 퍼져나간 기파가 그의 앞길에 서 있던 나무 수십 그루를 동시에 무너트렸다.

쾅! 쾅! 쾅!

비슷한 파괴 행위를 번복하며 거친 숨을 몰아 내쉰 마노의 눈에 다시금 기세가 어렸다.

"죽여주마! 죽여주겠다!"

절대자의 가슴 한편에 깊은 상처가 새겨졌다.

다시 태어난 이후 최초로 그를 공포에 떨게 한 사내의 이름이 뇌리에 깊게 박혔다. 방법이 없지는 않다. 아직 그는 완전하지 않았으니 말이다.

"정범!"

그의 이름을 외치는 마노의 신형이 단숨에 숲길을 가로질렀다.

* * *

교주(敎主)라는 직책은 하나의 종교에 있어 가히 절대적이다 하여도 과언이 아니었다.

신의 대행자, 신의 분신 혹은 또 다른 신.

어찌 보자면 황제보다도 지고한 권력을 부릴 수 있는 이가 바로 교주라는 인물이다.

때문에 지배자의 자리에 위치한 이들은 종교의 탄생을 주의했다.

드넓은 천하에서 용인되는 종교란 인간이 만든, 또한 인간이 유치한 유교(儒教)와 교주 따위를 따로 알선하지 않는 불교뿐이다. 그러한 현상은 마신교의 난 이후로 더욱 격해졌다. 무언가에 홀린 종교인들이 가진 무서움. 교주라는 인물에게 몰려든 권력의 힘은 어디로 튈지 모르는 불과 같다. 자칫하여 백성이라는 산(山)에 달라붙을 때의 여파를 떠올린다면 두려울 수밖에 없었다.

때문에 종교를 일으키려는 이들은 언제나 황궁의 눈치를 보아야 했다.

무림을 포함한 드넓은 천하의 진정한 지배자인 황제의 검이 향할 경우 결국 아무리 기둥이 단단하여도 부러지기 마련인 것이다. 운이 좋아 뿌리는 남을 수도 있겠지만, 그조차도 재수가 없다면 발본색원(拔本塞源)되어 버릴지 모를 일이다.

그런 의미에 있어 이번에 새로이 마교의 탈을 뒤집어쓰고 나선 백린교와 중천교는 운이 좋았다.

작금의 황궁은 곪아 터진 내부의 사정 때문에 외부를 돌볼 여력이 없었다. 환란의 시기다. 이때가 지나간다면 다시는 기회가 돌아오지 않을 수도 있다.

백린교의 뿌리를 천하에 심은 황천악은 생각했다.

운이 좋다면 이참에 기둥을 세우다 못해 지붕까지 덮을 수도 있겠다, 딱 그 정도였다. 야망이라는 이름의 제 욕심을 위해 정말 그만큼만 준비했다. 그러니 거기까지만 바랐어야 했다.

하나 인간의 욕심이란 놈이 풍족한 날이 하루라도 있던가?

결국 황천악은 지붕을 덮는 걸로도 모자라 하늘을 낚아 바닥으로 내동댕이치기 위하여 역사상 가장 무서운 존재를 향해 손을 뻗었다. 힘을 되찾는 데 도움을 주겠다는 달콤한 유혹은 무서운 존재의 협조를 받아내는 데 있어 큰 도움이 되었다.

마침 제법 괜찮은 판도 마련되었다.

때가 되었고, 황천악은 거병(擧兵)했다.

이곳저곳 천하를 뒤흔들며 그림을 키웠다.

상상 속 그림은 완성만 된다면 그가 보기에 이루 말할 수 없는 아름다운 작품일 것이다.

"그래, 아름다울 거야."

최근 들어 문뜩 찾아오는 불안함에 황천악이 습관처럼

내뱉기 시작한 말이었다.

그의 머릿속 이상은 완벽했다.

황천악은 사육사였고 천하에서 가장 무서운 범에게 목줄을 채웠다. 아무리 용맹한 이라고 한들 그 무시무시한 범을 향해 검을 들이밀 수는 없다.

때문에 황천악은 불안했다.

천하에서 가장 용맹한 이조차도 시선을 거두게 하는 범을 그라는 사육사가 온전히 길들이는 일이 과연 가능할까?

단지 착각이 아닐까. 두려움이 앞섰다.

하나 돌리기에는 이미 너무나 먼 길을 걸어 나온 채였다.

"그래, 아름다울 거야."

또다시 습관처럼 같은 말을 번복한 그의 눈이 붉게 충혈된다. 누구도 찾아올 수 없는 짙은 어둠 속에 몸을 누인 그는 천천히 눈을 감았다.

'피곤해서 그래.'

당장의 불안함을 그 작은 변명으로 쫓아낸 황천악은 안식을 찾기 위해 애썼다.

"여기 있었군."

힘겹게 찾아 헤매는 그 안식을 단숨에 깨버린 것은 다름 아닌 범의 울음소리였다.

저도 모르게 깜짝 놀라 제자리에서 벌떡 일어난 황천악

의 눈앞에 거대한 어둠을 휘감은 범이 눈알을 부라리며 다가오고 있었다.

"여, 여기는 어떻게?"

그가 지금 몸을 누인 곳은 교 내(內)의 누구도 알지 못하는 비처(秘處)다. 누구도 찾아올 수 없고, 아무런 위협도 없기에 그가 유일하게 숨을 쉬고 마음을 놓을 수 있는 곳. 때문에 황천악은 흔한 기녀조차 한 번도 이곳으로 들인 적이 없었다. 이 작은 방 안에 있는 물건은 오로지 그의 손때만이 유일하게 묻어 있었다.

방금 전까지는 말이다.

"아무리 꽁꽁 숨어도 악취는 숨기지 못하는 법이니까."

누런 이를 내보이며 웃은 범, 마노가 방 한구석에 놓인 나무 탁자의 모서리를 움켜쥐었다. 아무런 반항조차 못 한 채 가루가 되어 사라진 탁자의 흔적을 멍한 시선으로 쫓던 황천악의 가슴에 섬뜩함이 차올랐다.

'난 정말 범에게 목줄을 채운 것이 맞을까?'

그 목줄이 그가 생각한 대로 잘 조여지지 않았다면? 범은 언제든 그의 목줄을 물어뜯기 위해 달려들 테다. 막을 수 없겠지. 무기 몇 자루를 들었다 한들 인간이 천하에서 가장 크고 무서운 범을 이길 수는 없는 노릇이었다.

"시간이 없다. 백요전혼술(百要傳魂術) 알고 있지?"

싸늘한 음성에 황천악의 몸이 흠칫 떨렸다.

"거짓을 말하지 마라. 나는 마노다."

"……알고 있소."

"재료는?"

"불가능하오. 당신도 알다시피……."

콱—!

"컥—!"

비호처럼 날아들어 단숨에 황천악의 목덜미를 움켜쥔 마노가 웃었다.

"나는 지금 부탁을 하는 게 아니야. 명령하는 거다. 황교주. 재료는 얼마나 걸리지?"

"컥컥…… 이, 이러고 나면 정녕 당신이 무사할 것……."

꽈드득—!

황천악의 목이 기이한 방향으로 조금씩 꺾이기 시작했다. 마노는 무인이기 이전에 의사였고, 사람이 죽는 순간이 어느 때인지 제법 잘 알았다. 그리고 죽음을 눈앞에 둔 당사자인 황천악 본인 역시 언제 그 그림자가 찾아올지 알 수 있었다.

당장 말하지 않으면, 곧장 죽는다.

"하, 한 달!"

"길다."

마노의 눈에 스산한 살기가 다시 한 번 번졌다.

"보, 보름. 보름이면 충분하오."

털썩.

그때가 되어서야 쥐고 있던 목줄을 풀어놓은 마노의 눈에 웃음이 번졌다.

"십 주야. 딱 십 주야를 주지."

"그건 정말 불가능…… 해 보겠소."

말도 안 되는 이야기다.

백린교 전체가 전력을 기울여도 어렵다.

그리 말하려던 황천악이 또 한 번 말을 바꾸었다.

맹수는 아무런 문제가 없을 때보다, 상처를 입었을 때 훨씬 두렵다. 마노가 그랬다. 그는 지금 상처 입은 맹수였다. 헐렁한 목줄을 믿고 잘못 건드렸다가는 사육사의 목이 먼저 달아난다.

'조심히, 천천히.'

아직 덜 길들여졌을 뿐이다.

호흡을 가다듬고, 놀란 마음을 진정시킨 황천악이 다시금 입을 열었다.

"대신 세 가지 약조를 더 해 주시오."

"약조?"

마노의 이마에 깊은 내 천(川) 자가 그려졌다.

"내가 죽으면 천하에 누구도 백요전혼술을 알지 못하오! 이것만은 내 확답하리다! 이조차도 받아들일 수 없다면 난 차라리 죽음을 택하겠소!"

잠시 갈등하던 표정의 마노가 곧 고개를 주억인다.

"십 주야 이내에 해 준다고 확답하면, 얼마든지."

꿀꺽.

마노의 확언에 고개를 끄덕인 황천악이 몸을 일으켰다.

"이번 약조 역시, 일전과 마찬가지로 천마서약서(天魔誓約書)를 작성해 주셔야 하오."

"번거롭게 굴기는."

마노는 여전히 짜증 난다는 듯 굴었지만 이미 하기로 한 것에는 미련이 없는지 제법 순조롭게 고개를 주억인 후 자신의 엄지 끝에 상처를 냈다.

마노의 붉은 피가 허공에서부터 바닥으로 떨어졌다.

그것을 아깝다는 듯, 재빨리 품에서부터 꺼낸 하얀 천 위에 받아든 황천악의 눈에 열망(熱望)이 피어올랐다.

'범의 목줄이 약하다면 더 강하게 조이면 될 뿐이다.'

목줄로 모자라다면 족쇄를 채우면 된다.

바로 방금 전 죽을 위기를 맞았음에도 결국 욕심이라는 붓을 내려놓지 못한 황천악의 손에서도 붉은 피가 흘러 내렸다.

새하얀 종이 위로 두 사람의 붉은 피가 엉키듯 섞여 들어간다.

두 눈에 푸른 귀화(鬼火)를 띄운 황천악의 입이 열렸다.

흘러나오는 주문은 귀기가 가득 서린 알 수 없는 음성이다. 마치 여인의 교성처럼 높고, 아이의 울음소리처럼 소란스러운 그 주문이 모두 지나간 뒤에 황천악의 손이 마노를 향했다.

"옴 하니 두르타!"

새하얗던 종이를 붉게 물들인 핏물이 끓듯이 끌어올라 그 손가락을 따랐다.

파밧—!

마노의 왼쪽 가슴 위에서 먹물이 번지듯 핏물이 터져 나왔다. 흘러내려야 할 핏물은 낙인과 같이 그의 몸속을 파고들며 사라진다. 그 모습을 무심한 눈으로 지켜보던 마노가 황천악을 바라보았다.

"끝났나?"

"헉, 헉."

거대한 사술을 펼친 영향으로 지친 모습을 한 황천악이 식은땀을 닦으며 고개를 주억였다.

"모, 모두 됐소."

"약조는?"

"첫째와 둘째는 지금 당장 사용하겠소. 그리고 셋째는 조금 아껴 두지."

"좋을 대로."

마노는 대수롭지 않다는 듯 답하였지만 황천악의 입장에서는 매우 중요한 일이었다. 천마서약서는 일종의 저주였다. 하늘 위에 존재하는 모든 마의 주인에게 두 사람의 약속을 증명하며, 그를 어길 경우 벌을 받게 하는 사술!

서약서 위에 피를 흘린 두 사람 중 어느 한쪽이라도 약조한 바를 어길 경우에는 천마의 벌이 내린다. 그리고 대다수 그 벌은 죽음으로 이루어졌다.

황천악이 그토록 믿고 있는 목줄이란 바로 이 천마서약서의 강력한 효능이었다.

처음 영 노야로부터 쫓기던 마노를 구한 황천악은 힘을 되찾는 걸 도와주는 대신 이를 통해 마노에게 첫 번째 족쇄를 채웠다.

백린교를 위해 싸워줄 것.

하나 이제는 안다.

그 정도로는 부족하다.

마노는 자신의 편이란 것이 없는 인물이었다.

오로지 혼자일 뿐.

때문에 강하고, 그렇기에 무섭다.

더 강한 목줄과 족쇄가 필요하다.

"우선 첫째로 더 이상 내 목숨을 노리지 마시오."

이곳을 찾아오지 말라는 말은 의미가 없다.

비처가 황천악의 유일한 안식처가 된 이유는 누구도 그 장소를 모르기 때문이었다. 하나 이제 마노가 안다. 이미 밝혀진 비처를 지키는 것은 의미 없다. 결국 중요한 것은 목숨이다.

"약속만 지킨다면, 얼마든지."

같은 말을 반복한 마노가 웃는다.

동시에 천마서약서 위로 섬뜩한 붉은 글씨가 새겨진다. 방금 전 황천악과 마노가 나누었던 약조에 대한 내용이었다. 그를 두 눈으로 확인한 황천악이 한결 안도한 표정을 지으며 다시금 입술을 달싹였다.

"그리고…… 힘을 모두 되찾으면 강제적으로 먼저 해 주어야 할 일이 있소."

"본론만 말해 줬으면 좋겠군."

"임시 무림맹 말살."

황천악은 두 주먹을 움켜쥐며 말했다.

마노는 첫 번째 천마서약서의 약속에 따라 백린교를 돕는다. 하나 그 돕는다는 범위가 애매했다. 무조건적으로 명령을 따를 필요가 있는 것이 아니기 때문이다. 물론 그런

조건이 아니었다면 애초부터 마노가 천마서약서를 작성하지 않았을 것이 분명하기에, 어쩔 수 없는 합의였다.

"임시 무림맹이라…… 기념 삼아 제물로 쓰기엔 나쁘지 않겠지."

마노가 두 번째 약조에 동의하고 천마서약서가 다시 한 번 움직였다.

어느덧 두 가지.

서늘하게 적힌 붉은 글씨를 흡족한 눈으로 바라본 황천악이 그를 자신의 품에 갈무리했다.

"일단 여기까지지요."

"약속만 잘 지켜. 정확하게 십 주야. 그러니까 열 번의 밤과 낮이다."

십 주야.

결코 여유롭지 않은 시간을 상기시키는 마노를 향해 황천악이 눈을 부릅뜨며 고개를 주억였다.

"꼭 그리 해드리겠소이다."

약속이 성사되었다.

* * *

본디 중원(中原)이란 천하 전체를 뜻하는 말이 아니다.

천하구주(天下九州), 그중에서도 중심에 위치한 일부만을 뜻한다고 보아도 과언이 아니었다.

때문에 양주와 익주, 유주 등은 같은 수 제국의 통치를 받고 있지만 그곳에 살고 있는 이들 모두가 한족(漢族)인 것은 아니었다. 넓은 땅 위에 수많은 사람과 수많은 민족이 모여들어 있으니 어찌 조용할 수가 있을까? 황권과 군권만으로는 부족하다. 때문에 건장하던 시절의 황제는 천하오패를 만들었다. 복역을 대신하여 지역 통치와 치안을 담당하게 만든 것이다.

그중 양주에 자리 잡은 귀살주는 특별했다.

통치나 치안을 담당하기에는 숫자도 많지 않았으며 행동 역시 은밀하고 조용하다. 북쪽으로 당장 오랑캐들과 국경을 맞대고 있는 양주의 위치를 생각한다면 귀살주는 더욱이 천하오패에 어울리는 입장이 아니었다.

그럼에도 불구하고 황제는 귀살주를 천하오패 중 하나로 책봉했다.

표면적인 이유는 그들이 소수임에도 무공이 특출하고, 책임감이 강하다는 사실이었다.

"정말 그게 이유의 전부일까?"

얽히고설킨 장기판 앞, 가장 작은 졸(卒) 말을 전진시킨 북궁단청이 입술을 달싹였다.

"무슨 말씀이십니까?"

맞은편에서 쭈그리고 앉은 채 심각한 얼굴로 장기판을 뚫어버릴 듯 바라보고 있는 제갈우현은 병(兵) 말을 검지 끝으로 톡톡 건드리며 미간을 모았다.

"북쪽의 이야기일세."

"귀살주 말씀이시로군요."

북궁단청은 말이 없었다.

그사이 어느덧 말을 뛰어넘은 제갈우현의 포가 북궁단청의 졸을 잡아 삼켰다. 동시에 장기판 위, 갈 곳을 잃은 듯 막혀 있던 차(車)에게 새로운 길이 열렸다.

"장(將)입니다."

"쯧."

활짝 웃음을 보이는 제갈우현을 향해 못마땅한 듯 혀를 찬 북궁단청이 턱을 쓰다듬었다. 깊은 생각에 빠졌을 때 저도 모르게 흘러나오는 버릇이다.

"조금은 농간당한 게 아닐까 싶어. 그래서 더 딸아이를 그쪽으로 보낸 거지만……."

"딸이라고 생각은 하고 계셨습니까?"

어찌 보자면 기분 나쁠 수도 있는 말에 대답 대신 미소를 보인 북궁단청이 사(士)를 움직여 장의 앞에 세웠다. 차의 입장에서는 사를 넘어서지 못한다면 끝내 장을 잡지 못할 모양새다.

"때로는 대를 위한 소의 희생도 필요한 법이니까."

"잔인한 아버지로군요."

"군사에게 듣고 싶은 말은 아니야."

"그렇습니까?"

녹안(綠眼)을 깜빡거린 제갈우현이 심각한 얼굴로 팔짱을 꼈다.

"그건 좀 문제네요. 부맹주님만은 못할 거라고 생각했습니다만."

"착각을 하고 있었군."

"그런가 봅니다. 하하!"

"단도직입적으로 묻지. 귀살주, 뒤에 뭐가 있지?"

"글쎄요. 알면 제가 이러고 있겠습니까?"

"짐작은 하고 있겠지."

고민하던 제갈우현의 차가 앞으로 달려 나가 북궁단청의 사를 집어삼켰다.

"사와 차의 교환이라, 어쩐지 손해 보는 기분이로군."

"것 참 욕심 많으신 분다운 말씀이십니다."

장을 움직여 바로 앞에 놓인 제갈우현의 차를 집어삼킨 북궁단청의 시선이 장기판에서 떨어졌다.

"이런 놀이나 하려고 자네를 찾아온 게 아니야. 귀살주,

뭘 숨기고 있지?"

"이미 눈치채고 계시지 않습니까?"

"그래도 확신은 필요한 법이니까."

"생각하고 계신 것이 맞습니다."

제갈우현의 확답에 눈을 번쩍 빛낸 북궁단청이 자리에서 벌떡 일어났다.

"잘 이용하면 어부지리를 취할 수 있겠군."

"반대로 이용당할 수도 있겠지요."

옛 고사성어에 나오는 이야기처럼, 입을 앙다문 조개와 그를 먹으려다 부리가 물린 새 중 어느 측에도 승리자는 없었다. 결국 마지막에 둘 모두를 얻은 이는 길을 지나가던 어부였으니 말이다. 하면 지금 임시 무림맹 아니, 북궁단청의 위치는 어딜까? 먹히지 않기 위해 입을 다문 조개? 아니면 그 조개의 입을 비집고 살을 파내기 위해 부리를 들이미는 새? 적어도 현재까지 둘 모두를 얻은 어부라고 할 수는 없을 터였다. 하나 북궁단청에게는 분명히 방법이 있었다.

임시 무림맹을 굳이 임시라는 이름의 허술한 집단으로 만든 이유다.

천하가 복잡한 아귀다툼 속에서 한 번에 모두 집어삼키기 위한 발판. 누구의 말마따나 그는 욕심이 많은 사람이었다. 또한 능력 역시 출중했다.

"이만 가 보지."

장포를 휘날린 북궁단청이 단숨에 모습을 감추었다.

상대를 잃어버린 장기판 앞.

비수를 숨긴 채 장의 선부른 행동을 기다리고 있던 제 포(包)를 바라본 제갈우현이 아쉽다는 듯 입술을 핥았다.

"아, 이거 다 이긴 건데……."

하긴 애초에 제대로 판에 집중해 주지도 않는 상대와의 싸움이었으니 이겼어도 그리 흡족하지는 않았을 터다.

"생각이 아주 다른 데로 가 있으니. 판이 안 보이지."

욕망이라는 검은 먹물이 시야를 가리면 주변을 보지 못한다. 북궁단청은 권력이라는 매력적인 힘이 가진 치명적인 독을 이미 오래 전에 잔뜩 집어 삼킨 상태였다.

"그래서 못 보는 거지. 그래서."

제 포를 제자리에서 들었다 놨다 몇 번이고 반복한 제갈우현이 하늘을 바라보았다. 유난히 맑은 것 같은 푸른 하늘 너머로 검은 먹구름이 몰려오고 있는 것이 보였다. 아마 임시 무림맹이라는 이름은 그 먹구름 앞에 결국 무너지고 말 터였다.

"대를 위한 소의 희생이라……."

도대체 그 작은 것은 무엇을 의미하며, 큰 것은 또 누구를 뜻할까?

입가로 미소를 그린 제갈우현이 제자리에서 무너지듯 드러누웠다.

"자, 흘러가 봅시다. 떨어지는 격류(激流)를 한낫 인간이 어찌 피해 가겠습니까."

쿠릉!

제갈우현의 목소리에 화답이라도 하듯, 맑은 하늘 위에서 천둥이 울려 퍼졌다.

*　　*　　*

완전하다는 것은 무엇을 의미할까?

적어도 중원무림에 있어, 아니 하늘 아래 모든 땅에 있어 완전(完全)이라는 단어를 쓸 수 있는 일은 몇 없을 터다. 그것이 사람이라면 더욱 말이 되지 않는 이야기다. 사람인 이상 완벽할 수 없다. 완전은 말이 되지 않는다. 그렇다면 그는 차라리 신, 혹은 선(仙)이라 불려야 할 터다.

십 주야의 시간, 무거운 엉덩이까지 들어 올려 제 스스로 백요전혼술의 제물을 준비한 황천악은, 산처럼 쌓인 시체 위에서 흘러나오는 핏물로 목을 축이고 있는 마노를 바라보며 침을 꿀꺽 삼켰다.

'저것이 완전체…….'

지금 눈앞의 상황을 목격하기 전까지는 단순히 과거의 힘을 되찾는다는 의미를 떠올렸다.

하나 지금은 달랐다.

황천악은 검은 운무(雲霧)를 마치 수호병처럼 휘감은 마노를 보며 진정한 의미의 완전을 떠올렸다. 저것이 한때 유일무이의 극마라 불리었던 마의 완전한 형상이다.

'내가 저런 것에 목줄을 채웠다고?'

꿀꺽.

고작 범 따위가 아니다.

짐승 같은 것과 비교해서도 안 되었다.

검은 운무에 둘러싸인 마노는 그야말로 마(魔) 그 자체였다.

인세에 남은 마선(魔仙)이라 칭한들 부족함이 없을 터였다.

"크흐흐."

웃음을 흘리는 마노가 검은 운무를 타고 허공을 디딘 채 황천악의 눈앞으로 다가왔다.

"수고했다. 할 일이 많지만, 우선 너와의 약속을 지켜주도록 하지."

어깨를 가볍게 두드린 후, 그 말 한 마디를 남긴 마노의 모습이 사라졌다.

그 자리 무언가에 홀린 듯 그 자리에 홀로 멍하니 서 있던 황천악이 주먹을 움켜쥐며 등을 돌렸다.

'겁먹을 때가 아니야.'

어차피 마노는 자신을 죽일 수 없다.

게다가 그에게는 아직 한 번의 기회가 더 남아 있는 상태였다.

'내가 조련할 수 있다. 내 것으로 만들 수 있어.'

스스로를 다독인 황천악이 바쁜 걸음으로 바깥을 향했다. 마노가 임시 무림맹을 향한 공격을 가할 것이다. 단순히 그것만으로도 만족스러운 결과겠지만, 또한 그것뿐이라면 아쉬울 터다.

임시 무림맹을 무너트린 무림제일세력.

그를 삼키기 위해서라도 마노의 뒤를 바삐 쫓아야만 한다.

시간이 없었다.

*　*　*

전설이 하나 있었다.

천하제일무인 아니, 어쩌면 고금제일무인이라 불릴지 모르는 한 인물에 대한 흔하디흔한 전설 말이다.

"그의 검은 산을 갈랐고, 목소리는 바다를 일으켰으며

발걸음은 땅을 울렸다."

"아니지, 그녀의 검이 그랬겠지."

흑의 무복에 긴 머리를 바닥까지 늘어트린 사내. 그의 혼잣말에 바로 뒤편으로 다가온 백의 무복의 훤칠한 남성이 정정을 요했다.

"……."

긴 머리의 사내는 아무런 답을 하지 않았다.

전설의 주인공이 그 혹은 그녀인 것은 중요하지 않다.

그 전설이 진실이냐? 또한 그 전설을 이어받을 인물은 진짜일까? 오로지 두 가지 의문만이 그에게 중요했다. 그런 사내의 옆에서 새하얀 부채를 넓게 펼쳐 든 사내가 뒷짐을 진 후 입을 열었다.

"기섭."

"……."

긴 머리의 사내, 기섭은 답이 없었다.

아니 말을 하지 않았다.

바로 옆에 선 백의 무복의 사내는 그에게 있어 적(敵)이었다. 비록 한때는 바로 옆자리에서 서로의 얼굴을 마주 보고 웃던 사형제일지 모르나 지금은 완전히 다른 길에 서 있다.

"아직까지 사부가 죽은 것이 내 탓이라고 생각하느냐? 그리 오해라고 말하였는데도?"

"……."

"사부는 저 간악한 중원무림의 정파라 불리는 놈들의 손에 의해 죽었다. 내 두 눈으로 똑똑히 지켜보았다. 그곳에서 난 무력하고 힘없는 아이였을 뿐이지."

백의 무복의 사내가 안타깝다는 듯 기섭을 향해 눈을 흘겼다.

"나뿐만이 아니라 장로들이 모두 확인해 준 사실 아니냐? 한데도 어째서 아직까지 나를 의심하는 게냐? 도대체 너란 놈이란……."

"……."

백의 무복의 사내가 한참을 떠들어댔지만 기섭에게서 돌아오는 말은 없었다.

여전히 묵묵부답.

결국 한숨을 쉰 백의 무복의 사내 역시 기섭의 시선이 향한 굳게 닫힌 벽면을 바라보았다. 고대의 벽화가 그려진 그곳에는, 방금 전 둘이 나누었던 전설의 무인에 대한 이야기가 그려져 있었다. 그녀가 모습을 나타내면 모두가 머리를 조아렸고, 검을 휘두르면 산이 갈라지고 하늘이 떨었다.

정말 전설 같은 이야기다.

그 유명한 소림의 달마조차도 저런 위엄을 뽐내지는 못했다. 한데 벽화는 그것이 마치 진실이라는 듯 생동감 있게 한 인물의 생을 그려내고 있었다. 고작 벽화에서 그런 감정을 느끼는 사실 자체가 우스울지 모르나, 수많은 사람이 벽화 앞에 같은 감정을 느꼈다.

위대한 무인이 가진 위엄. 그를 향한 경외감.

결국 그들은 제 발로 이 벽화 뒤에 숨은 기연이라는 이름의 지옥을 향해 걸어갔다. 그리고 여태껏 살아 돌아온 자는 그 누구도 없었다.

"그녀라고 해서 다를 것은 없을 거다. 노망난 늙은이의 헛소리에 너무 많은 희망을 걸고 있는 거야."

백의 무복 사내는 더 이상 대화를 시도하지 않았다.

그저 읊조리듯 혼잣말을 내뱉은 후 벽화로부터 시선을 뗄 뿐이다.

"거듭 말해서 네가 나를 증오하는 이 순간까지도, 나는 아직 너를 기다리고 있다. 기섭아."

"……."

"잊지 말거라. 우리의 원수는 중원 무림의 정도. 그리고 투신 그 늙은이 하나뿐이다."

마지막 말을 남기며 이를 으득 간 백의 무복의 무인이 동공 밖 빛을 향해 걸어 나갔다.

다시 어두운 동공 속에 홀로 남은 기섭의 입가로는 조소(嘲笑)가 어렸다.

"투신이라……."

그의 사형이라 불리던 이는 알까?

자신이 스승의 죽음을 목격한 증인이라고 떠벌리던 당시에 투신이 정말 어디에 있었는지. 누구와 함께였는지. 알았다면 그런 거짓은 만들어내지 못했을 터다. 그가 어떻게 살아 돌아왔는지 알았다면 이런 어설픈 눈속임으로 중천을 뒤집으려 하지 않았을 거다. 아쉬운 점은, 그런 거짓된 사형을 제 손으로 심판할 수 없는 나약함이다.

무력하다.

따르던 스승의 복수조차 못하는 제 자신이 너무나 한심할 뿐이다. 하나 한편으로는 이리 입 다물고 버틸 수 있는 시간을 벌 정도의 힘이라도 가지고 있으니 다행이었다.

기섭은 손을 뻗어 생동감이 넘치는 벽화를 어루만졌다. 벌써 보름째, 제가 강제로 밀어 넣어 그 안으로 사라진 여인은 돌아오지 않고 있었다. 하나 언젠가는 분명 돌아올 것이다. 믿을 수 없지만, 믿고 싶은 전설만이 이제 그와 스승이 지키고 싶어 했던 중천을 존속시킬 수 있는 유일한 구원줄이었다.

"부디…… 살아만 나와 다오."

기섭은 진심으로 바랐다.

멋모르고 날뛰는 사형을 막기 위해서라도, 스승이 아끼

던 중천교의 보존을 위해서라도 북궁소는 전설처럼 이 벽을 박차고 뛰쳐나와 세상을 향해 포효해야만 한다.

그래, 살아만 나오면 된다.

그렇다면 제 목숨도 얼마든 바칠 준비가 되어 있는 기섭이 벽화에서 손을 때고 한 걸음 물러서는 순간이었다.

구구구—!

벽면이 진동했다.

"……?"

놀란 눈을 한 기섭이 다시금 벽면 근처로 다가가 손을 내뻗었다.

구구궁—!

벽이 진동하고 있었다.

내부에서는 무언가가 터져나가듯 폭발하는 소리도 들리는 것 같았다.

"설마……?"

보름은 결코 짧지 않지만, 길지도 않은 시간이다.

때문에 기섭은 더 오래 기다려야 한다고 생각했다.

한데 다가오고 있는 소리가 더욱 커진다.

쿵—!

이내, 거대한 벽면 바로 앞까지 전해졌다.

그그그긍!

동시에 닫혀 있던 벽면의 입구가 전설 속 괴물의 목소리 같은 울음을 토하며 아가리를 벌리기 시작했다.

쿠궁—!

동공 전체가 흔들릴 정도의 커다란 진동이 이어지고, 벽화가 그려져 있던 벽면 너머로 검은 머릿결을 날리는 한 여인이 다가온다.

"아아!"

저도 모르게 큰 감탄을 토한 기섭이 무너지듯 제자리에 주저앉았다.

그녀는 전설처럼 포효하지 않았다.

검을 들어 벽면을 쪼개지도 않았다.

하나 알 수 있었다.

그 안에 들어가기 전과 지금의 그녀는 완연히 다르다. 싸늘한 눈동자가 가장 먼저 향한 곳은 무릎을 꿇은 기섭이었다.

"날 베어 넘겨도 좋다. 그러니 부디 하나의 부탁만 들어다오! 이곳을 나가서……."

말이 채 끝나기도 전, 목젖 끝에 위치한 검을 바라본 기섭이 침을 꿀꺽 삼켰다.

유언조차 남기지 못한 채 죽을 뻔했다.

하나 그녀는 끝까지 검을 휘두르지 않았다.

서늘한 눈동자를 하고 있지만 살의는 비추지 않는다.

"자세한 이야기는 나가서 듣도록 하지."

휘둘렀던 검을 집어넣은 북궁소가 앞장서 나가기 시작했다. 그 뒷모습을 조금 멍한 눈빛으로 바라보던 기섭이 빠르게 뒤를 따랐다.

죽을 줄 알았는데 살았다.

'벌써 두 번째.'

마지막까지 그의 목을 조르지 못했던 영 노야는 그의 마도를 믿어본다고 하였다. 반면 북궁소는 어째서일까? 아무것도 모른 채 지옥 같은 곳에 던져졌을 텐데 어찌 저리 담담할 수 있단 말인가? 수많은 의문이 남았지만 기섭은 고개를 내저었다.

이제와 그런 것은 아무렴 상관없었다.

검후(劍后) 전설은 사실이었다.

그리고 그 전설이 그의 복수를 이루어줄 수 있다.

죽지 않았기에, 해야 할 일이 더욱 많았다.

'스승님.'

마도라는 길에 섰음에도 불구하고 누구보다 온화하고 순수하였던 사내의 웃는 얼굴을 떠올린 기섭이 주먹을 움켜쥐었다.

第六章

요동

강호 아니, 중원 천하가 진동했다.

시작은 황궁에서 일어난 난(亂)이었다. 더 이상 쉬쉬하는 것조차 힘들 정도로 대흥 인근에서는 피비린내가 그치지 않았다. 하루가 멀다 하고 성문 바깥에 효수된 목이 걸리니 권력자들의 야욕은 그야말로 붉은 피로 물들었음이라.

황권은 휘청이고 있으며 마도인들의 봉기가 천하에 암운(暗雲)을 드리웠다. 임시 무림맹이 나름대로 활약하고 있다지만 손바닥으로 하늘을 가리는 처사에 불과했다.

결국 관(官)도 무림도 제 역할을 다하지 못하고 있다.

이런 세상에서는 힘을 가진 자가 정의(定義)인 법이었다.

그리고 힘을 가졌으나 마음껏 휘두르지 못해 욕구불만에 빠져 있던 악인들이 검을 뽑았다. 그들은 스스로가 간웅이라 외치며 하늘이 무섭지 않은 양 악행을 일삼았다. 양민들의 한탄과 비탄, 비명과 눈물이 천하 곳곳에 울려 퍼졌다.

오랜 분단을 넘어 하나로 통합된 수 제국이 홍역을 앓는 이때에 말 많은 호사가들은 마치 난세(亂世)를 떠올린 듯 영웅을 기원했다.

영웅!

지치고 힘든 모두를 이끌어 줄 하나의 긴 동아줄이 필요하다.

그런 영웅을 자처하는 이들 역시 천하 곳곳에서 모습을 드러냈으며 또 대다수가 소리 소문 없이 사라졌다. 적어도 작금의 천하에서는 협(俠)보다는 악(惡)이 강해만 보였다.

그 와중에 호사가들 사이를 천리마처럼 뛰어다니는 하나의 이름이 있었다.

아수라.

삼면육비를 가진 귀신왕의 이름을 한 무인 집단.

그들은 결코 호사가들이 말하던 영웅을 닮아 있지는 않았다. 손속은 잔혹했으며, 자비가 없었다. 또한 대의(大意)를 따르기보다는 처벌에 더 중점을 두었다. 그럼에도 불구하고 그들의 이름이 호사가들 사이에서 가장 첫 번째로 거

론되는 이유는 하나였다.

거친 만큼 강하고, 그만큼 빠르다.

형주에서 시작된 소문은 익주까지 이어졌다.

그들은 정녕 조조의 천리마라도 훔쳐 온 양 빠른 속도로 성을 가로질러 가며 그 와중에 보이는 수많은 악인을 처단했다.

영웅은 아니지만, 진정한 의미의 간웅이다.

그리고 언제나 그렇듯 혼란스러운 천하를 일통한 것은 영웅이 아닌 간웅의 몫이었다.

아수라라는 이름이 호사가들 사이에서 가장 첫 번째로 꼽힐 수밖에 없는 이유였다.

*　　*　　*

"가, 감사합니다!"

마을을 습격한 마적 떼를 홀로 베어 넘긴 정범의 앞으로, 촌장이 다가와 연신 고개를 숙이며 감사를 표했다. 무감정한 눈으로 그 모습을 바라본 정범은 피 냄새가 가득 묻은 검을 털어냈다.

흠칫.

저도 모르게 몸을 떨며 뒷걸음질 치는 촌장을 무시한 채 검을 검집에 꽂아 넣은 정범이 등을 돌렸다. 주변 가득한 시체와 피비린내가 이제는 무감각하다. 사람들의 두려운 시선도 아무렇지 않았다. 감사를 바라고 한 일도 아니고, 달리 목적이 있지도 않다.

단지 처음 목적대로 악을 처단할 뿐이다.

아무런 말도 남기지 않은 정범은 마을을 떠나기 위해 천천히 걸음을 옮겼다. 아직 해가 쨍쨍한 대낮임에도 불구하고 세상 곳곳에 내려진 어둠이 너무나 많다. 몸이 하나인 것이 너무나 안타까울 지경이었다.

"자, 잠시만!"

그런 정범의 발걸음을 누군가의 목소리가 붙잡았다.

살짝 시선을 돌려 바라보자 젊은 청년 셋이 떨리는 모습으로 정범을 향해 다가오고 있었다.

"아, 아수라 소속이시지요?"

"소문은 들었습니다."

"우리도 데려가 주십시오!"

건장한 체격에 어설프게나마 무기를 잡고 있는 모습을 보아하니, 마을 내에서 나름대로 힘을 좀 쓰는 청년들일 것이다.

정범은 그런 그들을 무시한 채 걸음을 옮겼다.

아무런 답이 없자, 망설이던 청년들이 서로의 시선을 교

환하더니 빠르게 뛰어 그 뒤를 쫓았다. 그렇게 반각을 따라 걸어가니 정범의 반대편에서 쫓아오는 엄청난 인파가 보였다. 그 전면에는 정범에게도 익숙한 얼굴이 서 있다.

"저, 저 사람들이……."

"아수라!"

청년들의 눈에 감격이 어렸다.

그들 마을에서 뛰쳐나온 것은 그들 셋뿐이지만 이미 모인 이들의 수는 엄청났다.

소문대로였다.

아수라는 이끌지도 않지만 내치지도 않는다.

단 여섯이서 시작했던 아수라는 어느덧 수백 명이 넘는 군대가 되어 가고 있었다.

*　　*　　*

"대주, 좀 버려야 되는 것 아닙니까?"

처음 자신들의 뒤에 줄이 생겼을 때, 자신만 믿고 따르라고 떵떵거리며 소리쳤던 장호가 걱정이 된다는 얼굴로 정범을 향해 말했다.

분명 처음은 둘뿐이었는데 정신을 차리고 보니 열이 되었다. 그리고 또 시간이 지나니 수백이다. 이제는 말릴 엄두조차 나지 않았다.

"버리고 싶으면 네가 말하든지."

피식 웃음을 보인 정범이 장호를 향해 말했다.

"그랬다가는 몰매 맞아 죽을 분위기입니다."

엄살을 흘리고 있지만 장호는 강기를 다룰 수 있는 초절정의 고수다. 그가 그럭저럭한 수준인 일류 무인 십여 명에 복역 도중 무기 좀 휘둘러 본 청년 일, 이백 쯤이 달려든다고 죽을 리는 없었다.

시간을 가지고 싸운다면 십 할 승리한다.

하나 그게 중요한가?

애초에 그는 자신들이 좋다고 따라 붙는 이들을 쳐내고 죽일 수 있을 정도로 독한 편이 못 되었다.

"그럼 끝까지 책임지고 끌고 와."

그 말을 남긴 정범의 시선이 다시 우측으로 향했다.

"또입니까?"

흠칫 몸을 떤 장호가 되물었다.

정범이 다른 곳을 볼 때면 머지않아 혼자 혹은 새로운 청년들과 함께 모습을 드러낸다. 굳이 정범뿐만이 아니었다. 사람들의 인도를 맡고 있는 장호를 제외하자면 모두가 그렇게 돌아왔다. 주변에 사건이 많아도 너무 많으니 뭉쳐 다닐 여력이 없는 탓이었다.

"난세니까."

짧은 말을 남긴 정범이 몸을 움직이기 직전 장호를 향해 말했다.

"참, 시간 남으면 무공들 좀 가르쳐."

"써먹으시려고요?"

놀란 장호가 되물었다.

굳이 무공까지 가르치려 한다면 이유가 그것밖에 떠오르지 않은 탓이다.

"제 스스로 지옥에 발을 들이겠다는데 밀어낼 이유도 없지."

그 말을 끝으로 정범의 신형이 완전히 사라졌다.

잠시 정범이 사라진 자리를 멍한 시선으로 바라보던 장호가 한숨을 내쉬며 방금 전까지 두 사람의 대화를 듣고 있던 멍청한 표정의 세 청년을 바라보았다.

"들었지? 제 발로 지옥에 들어온 걸 환영한다. 앞으로 같이 고생해 보자."

이쯤 되면 무서워서라도 돌아가겠지.

그런 생각도 안 했다면 거짓이었다.

"넵!"

"열심히 하겠습니다."

하지만 청년들의 의지는 생각보다 훨씬 드높았다.

*　*　*

아수라에 대한 소문은 몇 가지뿐이었다.

누구보다 강하고, 결코 자비롭지 않다.

하지만 양민들을 괴롭히지 않으며, 그 무자비함은 오로지 악인만을 향한다. 그리고 따르겠다는 이들을 이끌지도 않지만 막지도 않는다. 호사가들 사이에 떠도는 소문을 들으며 정범은 헛웃음 지었다.

'억지로 이끌지도 않지만 막지도 않는다고?'

헛소리다. 조잡한 눈속임에 당한 우매한 이들의 허언일 뿐이다. 대놓고 말해 정범은 청년들을 이끌고 있었다. 만약 진짜로 그들을 끌어들일 생각이 없었다면 눈앞에서 천천히 걸어줄 이유가 없었다. 장호를 안내자로 붙일 필요도 없었다. 무공을 가르치라고 말할 이유는 더더욱 없었다. 결국 정범은 스스로 그들을 끌어들이고 있었다.

'해야 할 일이 많아. 손은 부족하고.'

불과 얼마 전의 정범이었다면 적은 수로도 의지가 있다면 충분하다 했을 것이다. 언제 죽을지 모르는 전장에 순수한 청년들이 뛰어들려 한다면 막았겠지. 하나 지금의 정범은 분명히 달랐다. 죽을지 알면서도 달려드는 부나방들을 굳이 막지 않는다. 오히려 그들에게 함께 지옥에 설 것을 강요한다.

악이 넘치는 세상에 한 손으로 천하를 덮는다는 것은 어불성설이었다.

'임시 무림맹도 우스운 협잡일 뿐이지.'

그들이 무엇을 원하는 지는 짐작도 가지 않았다.

생각하지도 않았다.

단지 겉으로 보이는 악이 없으니 두고 볼 뿐이다.

만약 그들의 속에 거대한 악이 숨어 있고 그것이 드러난다면 아수라의 여섯 팔은 굳이 마도만을 향하지는 않을 것이다.

그가 선 지옥에서 정의(定意)란 변하지 않는 하나뿐이었다.

모든 악을 멸한다.

'설령 내가 악이 되어 스스로 목을 끊을지라도.'

달리는 채 그대로 스르륵 눈을 감아 본다.

지금이라도 다시 눈을 뜨면, 그의 마음 속 대부분을 잠식하고 있던 빛이 되돌아올 것 같은 기분이다. 하나 여전히 검기만 할 뿐이다. 눈앞을 가득 뒤덮은 어둠과 다를 바 하나 없다.

"아아악—!"

멀리서부터 들려오는 비명에 눈을 뜬 정범이 조소를 그렸다.

"세상이 어두우니, 당연한 일이겠지."

허공으로 뽑혀져 나온 세 자루 검과 함께 정범의 신형이 밤하늘을 갈랐다.

* * *

천하가 홍역을 앓는 도중 아수라의 존재는 작게나마 사람들의 마음을 설레게 하는 희망찬 이야기였다. 반면, 모든 사람들의 심장을 떨어트릴 만큼 무서운 이야기도 있었다.

백린교가 임시 무림맹의 본단을 공격했다.

천하 곳곳에 일어난 마도봉기의 주체가 백린교임을 모르는 사람은 누구도 없다.

그들은 어디에서 무엇을 하던 백린의 이름을 외쳤으며, 무언가에 홀린 듯한 광적인 모습으로 수많은 사람들을 공포에 몰아넣었다. 그런 백린교가 아직 전열이 가다듬어지지 않은 임시 무림맹을 습격했다.

누군가는 과욕이라 하였다. 아무리 마도의 힘이 대단하다지만 상대는 임시 무림맹, 천하오패와 무림삼파가 모두 모인 힘의 집결체다. 아직 향방을 잡지 못해 혼란스럽다고는 해도 그들의 힘이 응집된 본단은 철옹성과 다름이 없었다.

반면 또 다른 이들은 백린교의 자신감이라고 말했다.

그들이 아는 걸 천하를 뒤집고 있는 백린교라고 모를 리 없다.

그들은 현재 임시 무림맹에 모인 천하오패의 수장들과 수많은 고수들을 꺾을 자신이 있는 것이다.

만약 후자라면 절망적인 소식이었다.

결국 강호 무림이 마도의 힘에 무릎 꿇은 채 스러져 갈 것이란 이야기였으니 말이다. 그리 된다면 관조차 제 정신을 차리지 못하는 작금의 천하는 정말로 끝이다.

무법지대.

천 년을 바라보던 제국은 백 년이 되지 않아 깃발을 내려놓아야 될지도 모를 위기다. 황궁 내에서도 그러한 소란으로 말이 많다고 들었다. 젊은 시절 황제가 가진 위엄을 떠올린 신하들이 제 목숨을 초개같이 던진 간언을 하였지만 이미 제 손가락 하나 까딱하지 못하는 늙은 황제는 아무런 힘이 없었다. 결국 모두 부질없는 짓이었다. 목소리를 드높인 이들은 몇 주야가 지나지 않아 목이 효수되었다.

결국 임시 무림맹을 응원하는 목소리가 높아졌다.

천하를 위해서도, 제국을 위해서도 그들은 승리해야만

한다. 누가 지시하지 않았음에도 자연스레 임시 무림맹으로 더 많은 힘이 몰려들었다. 모두가 이 싸움의 승패에 많은 것이 걸려 있다는 사실을 알고 있기 때문이었다. 그 중심에 자리 잡은 채 그 모든 재화와 인재를 빨아들이듯 흡수하고 있는 북궁단청의 입가로는 미소가 사라질 날이 없었다.

“생각보다 과격한 움직임에 놀랐지만, 오히려 득이 되고 있군.”

사태가 이쯤 되자 또 다른 천하오패의 견제가 제법 심하게 들어오고 있었지만 그쯤은 문제도 아니었다. 작금의 북궁단청에게는 대의명분이 있었다. 백린교의 도전을 정면으로 받은 임시 무림맹의 부맹주!

실제로 딱히 제안이나 지시를 하지 않는 허울뿐인 맹주 소림방장을 제외한 그는 임시 무림맹 내의 최고 권력자였다.

그런 그가 대의명분까지 얻어 힘을 흡수하니 누가 막을 수 있으랴?

물론 걱정도 있었다.

‘백린교 놈들도 바보는 아니겠지.’

이런 임시 무림맹을 직접적으로 공격한다는 것은 정말 무모한 짓이다. 끝없는 난세를 제 스스로 종결해 달라고 목을 들이미는 바와 다름이 없다. 그런데도 먼저 검을 뽑고 선전포고를 하여 많은 병력을 임시 무림맹의 앞마당까지 진군시키고 있다.

믿는 바가 있다는 뜻이다.

"역시 그밖에 없겠지."

백린교라는 거대한 덩치를 움직이게 할 수 있는 이는 적지 않다. 특히 이런 무모한 싸움에 던지기 위해선 그만큼 큰 패가 필요한 법이다. 북궁단청은 어렵지 않게 아주 오래전 보았던 괴물의 모습을 떠올렸다.

'지금의 나라면 그와 싸워 이길 수 있을까?'

북궁단청은 고개를 내저었다.

나름대로 많이 성장했다지만 역시 괴물과 비교할 정도는 아니다. 하지만 또 포기하기에는 지금의 기회가 너무 아쉬웠다.

'역시 본래의 계획대로 가야 하나?'

본래는 조금 다른 그림을 그려 왔던 북궁단청이었다.

임시 무림맹은 희생양일 뿐이었으며, 그를 통해 천하오패의 모든 것을 한 입에 집어삼키려 했다.

한데 이번 싸움에 승리한다면 그 모든 그림이 필요가 없게 된다.

임시 무림맹은 마도 봉기를 일으킨 백린교를 무너트린

용사들의 집단이 될 것이며, 그 선봉에 섞여 마노의 목을 꺾은 북궁단청은 영웅이 된다. 쓸데없는 그림과 협잡질도 필요 없이 단숨에 대의명분과 힘을 동시에 갖출 수 있게 된다. 북궁단청의 손이 작은 나무 탁상을 쉴 새 없이 두들겼다.

목숨을 건 도박은 위험이 큰 만큼 얻을 수 있는 것도 달콤하다.

반면 본래의 그림은 얻을 수 있는 것이 비교적 적지만 첫 번째 방법보다는 안정적이다. 곧 웃음을 그린 북궁단청은 하나의 결론에 도달했다.

"도박을 걸어야겠군."

당연하지만 쓸데없는 영웅 심리 따위에 심취하여 내린 결정은 아니었다.

분명히 말해 욕심이 이끈 결론이기는 하다.

하나 영웅과 대의명분만을 따르는 야망 탓 또한 아니다. 깊은 이유는 따지고 보면 간단했다. 상대가 마노이기 때문이었다. 마노는 모든 것을 파괴한다. 가지고 싶은 것도 없고, 애초에 혼자이기에 망설임이 없다. 그런 마노에게 희생양을 던져주었다가는 잘못하면 건질 것이 하나도 남지 않게 된다. 천하를 제 한 손에 쥐고 쥐락펴락 하는 꿈을 그려왔던 북궁단청에게는 최악의 적이라 할 수 있었다.

'어차피 놈은 죽여야 해.'

그렇다면 최대한 전력일 때 박살 낸다.

딱히 마음에 들지 않았던 비무림과, 속내를 알 수 없는 군사가 가장 큰 도움이 되리라. 겁도 없이 날뛰는 천둥벌거숭이 세 마리도 설득해야겠지. 적이 가까이 다가오고 있는 판에 시간이 없었다.

"판을 만들자고 해야겠군."

결정이 내려지고 북궁단청은 빠르게 몸을 움직였다.

* * *

백린교는 전면전을 선포했고 임시 무림맹은 그를 피하지 않은 채 받아들였다. 그 와중에 북쪽에서 말을 탄 흉노족이 양주와 병주를 동시에 침공했다.

남측의 오랑캐들도 눈치만 보고 있지는 않았다.

곧장 익주를 향해 돌격한 그들은 순식간에 도적 떼로 변모하여 약탈을 시작했다. 뒤늦게 그들의 침공에 관군이 반응하였지만 엉망인 지휘 체계에서 제대로 된 작전이 펼쳐질 리 만무했다. 황궁은 여전히 엉망진창이었다. 그들은 복역의 의무를 가진 젊은 남성들을 모을 시도조차 하지 않은 채 매일 밤 피의 축제를 벌였다.

중원 천하 전체에 기나긴 새벽이 찾아온 것 같았다.

세상을 보는 것이 두려워 제 눈을 뽑아버리는 괴이한 현상까지 생겨날 정도였다. 물론 희망을 버리지 않은 이들도 많았다. 해가 뜨기 전 가장 어두운 새벽이 지나면 다시 빛이 찾아오기 마련이다. 모두가 그때를 기다리고 있었다.

그러던 차 임시 무림맹과 백린교의 첫 대전이 시작되었다. 애초부터 적의가 분명한 두 세력 간의 싸움은 시작부터 처절했다. 수백의 무인이 동시에 검을 뽑았고 시체에서 흐른 피가 강물까지 흘러들어 갔다. 하나 이조차도 고작 전초전에 불과할 뿐이었다.

이틀째.

백린교로부터 만 명의 무인이 나섰다.

생각보다 어마어마한 백린교 무인의 숫자였지만 고수의 수는 임시 무림맹 측이 압도적이었다.

임시 무림맹은 코웃음 치며 돌격을 감행했고 만 명의 마인이 목숨을 내던진 자폭 공격으로 수많은 고수를 한 줌 혈수(血髓)로 만들어버렸다. 경악스러운 일이었다. 천하가 백린교의 무시무시한 위협에 몸을 떨었다.

이미 일전에 임시 무림맹에 도착해 자신들의 의견을 피력했지만 귀 기울여주지 않던 중심부 탓에 속병만 앓고 있던 두 사람이 이때 다시 한 번 나섰다.

구종후와 화평.

두 사람은 현재 백린교의 위험성과, 그들이 가진 힘을 상세히 설명하며 임시 무림맹의 경각심을 깨웠다.

삼 일째 아침이 밝았다.

전날 엄청난 폭발과 함께 시체의 산이 쌓인 전장은 조용하기만 했다. 백린교의 가장 후면에서 뒷짐을 쥔 채 그 끔찍한 광경을 두 눈으로 바라보고 있는 황천악의 미간은 크게 찌푸려져 있었다.

'대체 어디 가 있는 거지?'

백린교가 임시 무림맹을 향해 전면전을 선포할 수 있었던 자신감 속에는 어디까지나 마노의 존재가 있었다. 그렇지 않다면 아무리 백린교가 비축해 둔 힘이 제법 많더라도 임시 무림맹과의 싸움은 무리다. 그들에게는 숨겨진 비무림의 힘이 있었으며, 천하를 떨게 하는 고수들이 즐비했다.

어제 만 명의 신도를 투입해 제법 경각심을 심어준 덕에 임시 무림맹 측도 잠시 주춤한 기세였지만 이 상태로 아무것도 하지 않는다면 며칠이 지나기 전에 오히려 역효과로 돌아올 것이다. 임시 무림맹의 기세를 완전히 꺾기 위해선 일반적인 무인 한둘이 아닌 조금 더 영향력 있고 이름 높은 이를 죽여야만 한다. 적진이나 다름없는 임시 무림맹 내부에 들어가 그러한 일을 할 수 있는 이는 마노밖에 없었다.

'세 번째를 써야 하나?'

황천악은 눈살을 찌푸리며 만일을 위해 아껴둔 천마서약서의 마지막 줄을 떠올렸다. 그 힘을 빌리면 어디 있는지 알 수 없는 마노를 강제로 눈앞까지 끌고 올 수 있다. 하나 그렇게 되면 만일을 위한 보험 또한 사라진다.

'아직은…… 아니야.'

버틸 만하다. 마왕들도 있고, 신도들의 수도 십만이 넘게 남았다. 임시 무림맹 측에서도 이렇다 할 고수가 나타나지 않고 있었으니 조급해할 필요는 없었다. 그들도 눈치를 보기 위해 시간이 제법 필요한 것 같았으니 말이다.

'천마서약서는 어디까지나 최후의 수단이다.'

어쩌면 마노가 이를 노리고 아직까지 나타나지 않고 있을 수도 있다는 생각도 들었지만, 그래도 끌려갈 수밖에 없는 입장이다.

일은 이미 벌어졌고 다시 해가 떴다.

"일만 신도를 더 준비해라."

"예. 교주!"

황천악의 말에 그를 따르는 마왕들이 고개를 주억였다. 아슬아슬한 때이지만 그럴수록 더욱 기세를 일으켜야만 한다. 황천악은 다시 한 번 일만 신도를 희생하더라도 임시 무림맹에 확실한 긴장감을 불어넣기로 결심했다.

"마노……."

그 이름을 읊으며 이를 가는 황천악의 눈앞으로 일만 신도가 단숨에 준비되었다. 이미 죽은 자이나 영혼이 붙잡혀 산 자와 다름없이 움직이는, 자아를 잃어버린 이들.

"적마왕 녀석이 죽어버리는 바람에 생각보다 너무 적게 모였어."

정확하게 말하자면 형주에서의 계획이 모두 실패했다.

그 연유는 보고를 통해 들었다.

추마 이대라고 했던가?

지금은 아수라라고 하는 놈들이 벌인 일이라고 한다. 심지어 팔황과의 연계로 익주를 집어 삼키려고 하고 있는 소교주를 노리고 있다는 소문도 있었다. 그쪽도 신경 쓰이는 것은 마찬가지였지만, 역시 이쪽이 우선이었다.

'그런 잔챙이들 따위는 나중에 처리해도 돼.'

으스스한 귀기를 두 눈에 피운 황천악의 시선이 하늘 높이 뻗어 있는 임시 무림맹의 깃발을 향했다. 푸른 하늘을 등에 업은 듯 기세등등한 형태가 참으로 보기 싫다. 정의라는 단어를 앞세워 권력을 손에 쥐고 마구잡이로 세상을 흔드는 것이 참으로 얄밉다.

'우선 저것부터 뺏어와야지.'

팔을 앞으로 내뻗어 도열한 일만의 신도를 향해 전진을

명령했다.

"비겁한 위선자들을 박살내 버려라!"

"백린일통, 천하백린!"

이성이 없는 노예들이 목소리를 높이며 앞으로 나아간다. 동시에 잠잠하던 임시 무림맹의 대문이 활짝 열렸다.

"뭐지?"

의문에 대한 답은 창공 높이 솟은 또 하나의 깃발이 말해 주었다.

청남(靑南).

말 위에 올라 허리춤에 도 한 자루를 멘 오십의 남도문 무인이 기세를 피어 올린다. 전면에 선 이는 다름 아닌 남도문주 남소광. 천하오패의 주인이자 천인의 경지에 오른 절대고수였다.

"설마 직접?"

사실 의문이 필요 없는 일이었다.

모습까지 드러낸 마당에 얼굴만 보이고 등을 돌릴 리는 없을 테니 말이다. 그만큼 믿기지 않는 일이라는 뜻이다.

"겁 없는 마도의 악종(惡種)들에게 남도문의 힘을 보여 주자!"

남소광이 목소리를 높이며 가장 먼저 말을 박찼다.

그의 애마 청화(靑華)는 그 이름과 다르게 격렬한 콧김을 내뿜으며 단숨에 달려 나와 광신도들의 머리 위로 뛰어올랐다.

거대한 말 그림자가 광신도들의 머리 위를 덮고, 푸른 빛 강기가 주변을 휩쓸었다.

콰아아—!

거친 파공음과 함께 파도가 일어나듯 뻗어나간 강기가 단숨에 일만 광신도의 중심을 헤집었다. 비명조차 내지르지 못한 채 시체가 된 광신도의 수만 한 수에 일백이 넘는다.

"네 이놈들! 예가 어디라고 함부로 마기를 피어 올려!"

용장처럼 소리친 남소광의 시선이 황천악을 향한다.

직후 청화가 다시 거친 콧김을 내뿜으며 달리기 시작했다.

목표는 황천악.

백린교의 교주다.

그를 확인한 황천악의 두 눈에도 불길이 타올랐다.

"저 건방진 놈이 감히!"

남소광은 분명 위명에 못지않은 절대고수다.

세상 모든 것이 우스워 보여도 이상하지 않을 터다. 하나 상대 역시 어둠 속에 몸을 웅크려 백린교라는 거대한 집단을 키워낸 황천악이었다. 남소광의 돌진은 그런 그를 향한

도발이었다. 얼마나 그가 우스워 보였으면 적진 한가운데를 뚫고 곧바로 머리를 치려 하겠는가?

챙—!

허리춤에서 한 자루 검을 뽑아든 황천악의 내력이 끓어오르며 옷자락이 부풀어 올랐다.

"교주께서 직접 나서실 필요 있을까요?"

뒤에서 그런 남소광을 부리부리한 눈으로 바라보고 있던 십대마왕(十大魔王) 아니, 이제는 칠대마왕(七大魔王) 중 제일의 무공을 자랑하는 화마왕(火魔王)이 양 손에 불꽃을 일으키며 나섰다.

남소광이 천하오패의 주인이라지만, 그중 제일은 아니다.

그러니 백린교의 제일인 황천악이 나서게 되면 그림이 좋지 않았다.

지면 손해, 이겨도 죽이지 못한다면 본전이다.

"죽일 수 있겠느냐?"

"물론입니다."

일만 광신도를 농부가 벼 베듯 쓸어 넘기며 다가오고 있는 남소광을 향해 비웃음을 보인 화마왕이 확답했다.

"꼭 죽여라."

황천악이 무기를 다시 집어넣으며 팔짱을 꼈다.

"백린일통, 천하백린!"

동시에 고개를 깊숙이 숙인 화마왕이 백린교의 이름을 외치며 앞으로 뛰쳐나갔다.

남소광과 화마왕.

두 사람의 거리가 순식간에 좁혀졌다.

"어디서 잡졸 따위가 청남의 도를 막는단 말이냐!"

"닥쳐라. 천하오패의 말석 주제에 입만 살아서는!"

"뭣!?"

쾅—!

화염과 강기가 부딪치며 엄청난 폭발을 일으켰다.

주변에 몰려 있던 광신도 중 수십이 그 충격을 이기지 못해 또다시 죽음을 맞이했다. 그것이 끝이 아니었다. 고작 몇 초도 되지 않는 사이에 화염과 푸른 강기가 연속으로 부딪치며 쉼 없이 일으킨 폭발이 주변을 파괴로 물들였다.

그 모습을 지켜보던 황천악의 눈이 가늘어졌다.

'죽겠군.'

화마왕이 마왕들 중 제일이라지만 천하오패의 주인에는 미치지 못했다. 결국 이 정도다. 백린교가 생각 외의 힘을 암중에 모아놓았다지만 양지에서 오랜 시간 힘을 쌓아온 천하오패에 미치기에는 무리가 많다. 이 상태면 백 초가 가기 전에 화마왕의 목이 떨어질 터였다.

"남은 광신도들을 모두 자폭시켜라."

"예?"

"화마왕이 졌다. 차라리 명예롭게 죽는 편이 낫겠지."

황천악의 결론에 놀란 표정을 짓던 마왕들이 고개를 주억였다. 그 말대로였다. 이기지 못한다면 차라리 희생을 통해 천하오패의 주인 중 하나를 죽이는 쪽이 더 영광되리라. 그들 역시 같은 상황이라면 명예롭게 죽는 쪽을 택할 터였다.

마왕들 중 가장 많은 신도에게 영향력을 가진 천마왕(千魔王)이 손을 내저었다. 동시에 이곳저곳에 흩어져 있던 광신도들이 목숨을 도외시한 채 화마왕과 남소광을 향해 달려든다. 격전 중 그들의 움직임을 확인한 화마왕이 더욱 더 격렬하게 남소광에게 달려들었다. 그 역시 패배를 직감하고, 이와 같은 결과를 바라 왔다는 뜻이었다.

"마지막 삶까지 화려하게 불태워야지. 화마왕."

팔짱을 끼며 그의 최후를 바라보던 황천악의 시선이 어딘가를 빠르게 향했다.

"천마왕, 멈춰라!"

다급한 명령이 이어졌다.

"교주?"

동시에, 맑은 하늘에서 검은 벼락이 내리쳤다.

꽈르릉—!

그야말로 벼락이라고밖에 표현할 수 없는 검은 빛에 둘러싸인 채 화마왕과 남소광, 두 사람의 격렬한 전장 속에 뛰어든 반백의 마노가 천천히 몸을 일으킨다.

"아, 이것 참. 오랜만에 완전히 돌아온지라 즐기다 보니 조금 늦었나 보군. 클클."

싸늘하게 웃는 그와 시선을 마주친 남소광의 몸이 굳었다.

포식자의 앞에 선 피식자는 제 손가락을 하나 움직일 수가 없다. 지금 남소광이 그랬다. 도망가야 한다고 생각했지만 굳은 몸이 뜻을 따르지 않았다.

"그러고 보니 넌 본 적 있는 얼굴이군. 나 알지?"

마노의 물음에, 힘겹게 고개를 내저은 남소광의 입술 아래로 굵은 핏줄기가 흘렀다. 동시에 느리게나마 움직이기 시작한 육체를 강제로 이끈 남소광이 외쳤다.

"모두 퇴각해라! 당장 퇴각해!"

갑작스러운 마노의 등장에 소강상태에 처해 있던 남도문의 정예 병력들이 그 목소리에 정신을 차렸다. 곧장 말을 돌려 달아나기 시작한 그들의 뒤를 따라 남소광도 몸을 날렸다.

"어딜 가려고!"

마노의 손에서 긴 강기가 뻗어져 나왔다.

마치 손 위로 검날이 생성된 것만 같은 모습이다.

그 강기를 막아선 것은 다름 아닌 청화였다.

이히힝—!

제 거대한 몸을 들어 남소광을 향해 날아드는 강기를 받아 낸 청화의 목이 허공으로 날아오른다. 마지막 순간 검은 두 눈망울에 담긴 감정을 확인한 남소광이 주먹을 움켜쥐었다.

'미안하다.'

청화는 그가 끝까지 살기를 바랐다.

제 목숨을 던져 어떻게든 주인을 구해낸 애마를 뒤로 한 남소광의 걸음이 더욱 다급해졌다.

"흠……."

그 모습을 느긋한 시선으로 바라보던 마노가 다시 한 번 검지를 뻗었다. 그 끝에 모인 강기는 마음만 먹으면 언제라도 남소광의 목숨을 취할 듯 번뜩거리는 암광(暗光)을 토한다.

짧지 않은 고민의 시간은 남소광의 신형이 임시 무림맹 담장 너머로 사라질 때까지 계속해서 이어졌다.

"일단은 살려둬 보지."

웃음과 함께 검지에 맺힌 기운을 거둔 마노의 신형이 다시 한 번 제자리에서 펄쩍 뛰었다.

쿵―!

순식간에 황천악의 코앞에 도착한 마노가 웃었다.

"다시 묻지. 내가 너무 늦었나?"

"기다리다 지칠 뻔했소."

천하에 무엇 하나 무서울 것 없어 보이던 황천악의 시선이 떨렸다. 자연스레 시선은 바닥으로 떨어졌다. 반항하듯 한 마디를 던졌지만 너무나 두려운 사실이 그의 마음을 엄습해 오고 있었다.

'더 강해졌다.'

완전체라고 하였던가?

분명 그 말도 옳다.

마노는 힘을 되찾는 순간 완전하다고밖에 표현할 수 없을 정도로 두려운 존재가 되었다. 그 이상은 없다고 생각할 수밖에 없을 정도로. 하나 보이지 않던 몇 주야 사이 더욱 강해져서 돌아왔다. 그의 주변을 은은하게 휘감고 있는 어둠은 내부에 쌓아둘 수 없을 정도로 거대하게 증가한 내력의 증명이었다.

"크흐흐, 대신이라고 하기는 뭐하지만 빨리 정리해 주지. 나도 이제는 몸이 간질거리고 있는 판이라서 말이야."

"그런 분이 남도문주를 놓아주었소? 그를 잡았다

면……."

거칠게 불만을 토하던 황천악의 혀가 말을 멈추었다.

어느덧 강제로 끌어올려진 두 눈은 끝을 알 수 없는 검은 시선에 기세를 움츠린다.

"내가 나선 일은 내가 알아서 한다. 적당히 눈치껏 끼어드는 것까지 뭐라고 하지는 않겠지만, 감히 이래라저래라 하면 안 되겠지?"

"……."

"착각하지 말거라. 네놈의 연약한 목 따위는 당장에라도 비틀어 줄 수 있으니까."

사나운 웃음을 보인 마노가 시선을 거두며 고개를 돌렸다. 그 끝에 위치한 것은 임시 무림맹 건물 내부이다.

"저 안에는 나를 좀 재밌게 해줄 것들이 있으려나."

그 말과 함께 다시 마노의 신형이 사라졌다.

쿠르릉—!

이어서 검은 벼락이 내리친 곳은 임시 무림맹 건물 내부다.

콰과광—!

폭음이 일고 바깥까지 알 수 있는 커다란 소란이 곧장 이어졌다.

마노의 공격이 시작된 것이다.

"교, 교주?"

너무나 갑작스럽게 진행된 상황에 당황하고 있던 마왕들이 황천악을 불렀다.

"모, 모두 진군해라. 전군 나서서 임시 무림맹을 박살 내버려!"

거칠게 외친 황천악이 손을 내저었다.

"명을 따르겠습니다!"

그 뒤를 따라 남아 있던 모든 백린교의 무인들이 임시 무림맹을 향해 돌진했다. 그 듬직한 모습을 떨리는 시선으로 바라보던 황천악이 두 손으로 제 목을 부드럽게 훑었다.

'내 목을 꺾는다고?'

그럴 수는 없다.

괜한 협박일 뿐이었다.

'아직 천마서약서는 유효하다.'

품에 숨겨둔 천마서약서를 어루만지며 제 심장이 박동하는지를 동시에 확인한 황천악이 두 주먹을 강하게 움켜쥐었다.

'건방진 놈. 천하일통만 끝난다면 네놈 따위는…….'

잘 길들여서 써먹으려는 마음은 버렸다.

마노는 위험하다.

너무 위험한 짐승은 언제 제 주인을 물어뜯을지 모르는

법.

천마서약서의 세 번째 내용이 결정되는 순간이었다.

* * *

콰르릉—!

검은 뇌전과 함께 온몸에 어두운 기운을 두른 악마가 임시 무림맹 중심에 떨어졌다. 처음 그 사실을 제대로 이해하기도 전, 주변에 위치해 있던 수십이나 되는 임시 무림맹 무인이 서늘한 시체가 되었다.

"뭐, 뭐야!?"

"적이다!"

반응을 한 이후 이어진 손길 한 번에 또다시 수십이 죽었다.

그중에서는 중원 무림에 이름을 떨치는 절정 고수들도 여럿이었다. 두려운 사실은 그게 시작이라는 점이었다.

손길 한 번에 적게는 수십, 많게는 일백이 죽어 나가기 시작했다.

너무나 눈 깜짝할 새에 벌어지고 있는 그 일은 무섭다 못해 비현실적이기까지 했다.

'대체 저 악마는 뭐지?'

꿈과 같은 현실에 사람들의 눈에 몽롱함마저 어릴 때쯤, 붉은 장포가 휘날렸다. 동시에 사람들의 목숨을 무자비하게 앗아가던 검은 기운이 허공에서 사라진다.

"오랜만에 뵙는구려."

그 목소리가 들린 후에야, 꿈에서 깨어나듯 하나둘씩 정신을 차린 임시 무림맹 무인들이 목소리를 드높였다.

"부, 부맹주님이다!"

"대룡문주!"

"용호제가 오셨다!"

그들의 환호를 등에 업은 붉은 장포의 사내, 북궁단청이 마노를 웃는 얼굴로 바라본다. 하나 그 속내는 결코 편치 못했다.

'예전에 비해 훨씬 더 강해졌군.'

기운이 많다 못해 외부까지 흘러넘치고 있는 마노의 모습은 나름대로 여러 가지 경우를 준비해 두는 그의 입장에서도 생각지 못했던 일이었다. 설마하니 거기서 더 강해질 수 있을까. 이미 한 번 힘을 잃기까지 했으니 성장할 가능성은 없다고만 믿었던 잘못이다.

'사람은 자기 편할 대로 생각하게 된다더니.'

너무 좋은 결과만 떠올렸나 보다.

"너는…… 일단 겉으로는 변한 게 없어 보이는구나."

마노가 그런 북궁단청을 알아보았다. 잊을 수 있을 리가 없었다. 모두가 그를 보며 두려움에 떨 때, 홀로 두 눈을 당당히 마주하던 겁 없던 아이. 젊은 날의 북궁단청은 용맹했고, 또한 정의로웠다. 때문에 마노는 그를 살려두었다. 자신이 미쳐버린 이 세상에서 용맹하고 정의롭던 아이는 어떻게 살아갈 것인가? 궁금했다. 그렇게 세월을 지내며 기다렸다. 슬슬 때가 되었으니 기회가 된다면 보고 싶다고 생각도 여러 번 했다. 그리고 드디어 만난 북궁단청의 모습은, 어떨까? 마노의 두 눈에도 기대가 어렸다.

"무공은 제법 많이 는 듯하고."

"적어도 마노의 이름에 부끄럽지 않은 상대는 된 것 같습니다."

"인정하마."

마노가 눈웃음을 그렸다.

동시에 그의 신형이 누가 강제로 늘인 듯 길게 이어졌다.

"하지만 부끄럽지 않은 걸로는 부족하지."

코앞에 느껴지는 마노의 기세에 붉은 장포 속에 숨겨 두었던 검을 빠르게 뽑아든 북궁단청의 앞으로 투명한 막이 생성되었다.

콰앙—!

막과 검은 강기가 부딪치며 폭음이 일었다.

결과는 눈에 선히 보일 정도였다.

"음……."

다급하게 방어에 나섰지만 완벽하게 막아섰다 생각했던 북궁단청은 제자리에서 열 걸음이나 밀려났다. 반면 공격을 가한 마노는 여유롭게 싱글벙글 웃고 있는 채였다.

"이번에도 살려 둘 것이라는 생각은 말거라. 나도 나름대로 이유가 있어서 말이지. 흐흐."

"그 말 그대로 돌려드리고 싶구려. 이번에도 도망갈 수 있을 것이라고 생각하지 마시오. 나도 나름대로……."

"이노옴!"

꽝—!

노호성과 함께 북궁단청의 머리 위로 검은 벼락이 떨어졌고, 아슬아슬하게 형성된 검막(劍膜)이 그를 막아섰다.

제자리에 선 채 손짓만으로 그런 괴사(怪事)를 벌인 마노의 신형이 움직인 것도 동시였다.

"입 놀리는 실력도 여전하구나. 아직 죽지 않았어!"

노호성을 토하는 것과 다르게 눈과 입으로는 미소를 그린 마노의 손이 계속해서 번쩍이며 북궁단청의 검막을 두들긴다. 어찌어찌 막아서고는 있지만 한 번 공격당할 때마다 내력이 토막씩 깎여 나가는 것을 느끼고 있는 북궁단청의 입장에서야 정말 죽을 맛이었다. 아니, 이 상태로 있다가는 진짜 죽을 게 분명했다.

'아직 멀었소, 군사?'

등 뒤에서 시작된 식은땀이 이마를 덮더니 어느덧 전신을 흠뻑 적시고 있었다. 북궁단청은 후회를 떠올렸다.

'아니지.'

여기서 물러나면 또다시 임시 무림맹의 일반 무인들이 죽는다. 그들의 죽음을 염두에 두는 것은 아니다. 다만 그에게 필요한 영웅담이 사라지는 것이 문제였다.

"놀랍군. 도망가고 싶지 않아? 곧 죽을 것 같은데? 믿는 것이라도 있나? 아니면 아직도 영웅 심리라도 남아 있나 보지?"

다행히 기회가 왔다. 막을 수 없이 공격을 쏟아내던 마노가 흥미로운지 말을 걸어온 것이다.

"영웅이 되고 싶은 건 사실이구려."

거친 숨을 가라앉히며 반 이상 사라진 내력을 재빠르게 회복하기 시작한 북궁단청이 웃으며 답했다. 그 모습을 가는 눈으로 바라본 마노가 혀를 찼다.

"역시 변했군. 겉만 그대로야."

"그런 것 같습니까?"

"예상했지. 이렇게 될 수밖에 없었어. 네놈은 제법 협의가 있었고, 욕심도 많았지. 그래, 소협은 될지언정 대협은 못 될 놈이었어."

"칭찬인지 욕인지 모르겠습니다."

"크흐흐, 어렵게 생각하기는. 너도 나와 같이 나쁜 놈이라는 뜻이다."

"마노답지 않은 어려운 말입니다그려."

"그래. 나답지 않았군. 그냥 그런 생각이 들어서 말이야. 네가 정녕 대협이었다면, 놈과 같을 수도 있지 않았을까? 이 자리에서 내가 죽을 수도 있었겠다, 뭐 그런 생각."

마노의 말이 끝나는 순간이었다.

우우웅—!

임시 무림맹 내부로 아주 작은 공명음이 퍼져 나갔다.

귀를 기울이지 않으면 듣지 못할 미약한 소리.

하나 그것이 의미하는 바는 결코 작지 않았다.

"뭐, 반은 이해할 수 없지만 맞는 말도 있습니다."

지쳐 있던 북궁단청의 입가로 미소가 흘렀다.

"어, 뭐, 뭐지 내력이……?"

"사라진다. 내 내력이 갑자기!"

"당황하지 마시오!"

가만히 서 있음에도 불구하고 내력의 일부가 사라지자 당황하는 무인들을 향해 북궁단청의 일갈이 전해졌다.

"대적(大敵)을 상대로 힘을 빌리는 것뿐이오. 많이 빼앗지 않소. 아주 조금만 빌리고, 이 싸움이 끝나면 돌려드리리다."

아닌 말마따나 무인들의 몸에서 빠져나간 내력은 그리 많지 않았다.

기껏해야 전체 내력의 이 할 정도.

그 이상의 다른 변화는 없었다.

그리고 그것마저도 싸움이 끝나면 돌아온단다.

비현실적인 존재를 상대로 맞싸움하고 있는 북궁단청을 보고 있노라면 사실 그쯤은 어떻냐는 생각마저 들었다.

"무찔러 주십시오!"

"저 간악한 마두를 죽여야 합니다!"

아무렇지도 않게 수백의 사람을 찢어 죽이는 마노에 대한 원한이 하늘을 찔렀다. 제 힘을 나눠 주고도 오히려 기세가 살아난 무인들의 목소리가 점점 높아졌다.

"죽어라!"

"괴물 같은 놈!"

여기저기서 마노를 향한 비난이 쏟아졌다.

"시끄러운 벌레들이……."

짜증난다는 듯, 손을 휘두른 마노의 고개가 의아하게 휘어졌다.

동시에 주변 공간이 일그러지고 주변에서 시끄럽게 쏟아

지던 목소리도 사라졌다. 남은 것은 서로를 마주하고 있는 두 사람과 임시 무림맹의 형상을 한 거짓 배경뿐이다.

"이것 봐라. 누구의 재주지?"

신비하다는 듯 주변을 둘러본 마노가 북궁단청을 바라본다.

"재주 많은 친구 하나 있습니다. 나를 영웅으로 만들어 줄 아주 중요한 친구지요."

"그 친구, 나도 궁금하군. 비슷한 건 해 봤는데 이렇게 절묘하게 만들지는 못했거든. 게다가 효과도 하나뿐이고."

연신 감탄하는 눈으로 주변을 바라보던 마노가 입맛을 다셨다.

"어쨌든 아쉽겠어. 이렇게까지 했는데도 결국 이기지 못할 테니까. 영웅이 될 상은 아닌가 봐. 흐흐."

들고 있는 검을 길게 내뻗어 앞으로 내민 북궁단청도 웃었다.

"길고 짧은 것은 대 봐야 아는 법이지요."

쾅—!

폭발과 함께 굉음이 일었다.

* * *

갑작스럽게 마노와 북궁단청의 모습이 사라졌다.

제 내력의 이 할이 사라진 것만으로 모자라 이어진 괴이한 현상에 모두가 당황할 때였다.

"부교주가 직접 마두와 결판을 내기 위해 다른 곳으로 이동했소. 하나 방심하지 마시오. 우리의 싸움은 이제 시작일 뿐이오!"

방금 전까지 북궁단청과 마노가 서 있던 지붕 위로 뛰어오른 북검문주 단우명이 검을 뽑아 들며 정면을 가리켰다.

멀지 않은 곳에 물밀 듯 밀려들어 오는 백린교의 무리들이 보였다.

맞는 말이다.

그들의 싸움은 아직 진행 중이었다.

"이 천하에 정의가 살아 있음을 우리가 보여 줍시다!"

그 말과 함께 단우명의 신형이 화살처럼 쏘아져 앞으로 날아갔다.

천하를 좌지우지할 또 다른 싸움이 시작되었다.

그야말로 천지가 요동하는 시기였다.

第七章

운명

방은 결코 좁지 않았다.

사람 수십여 명이 드러누워도 부족하지 않을 정도로 광활하다는 표현이 옳았다. 한데 지금 그 방이 좁게 느껴졌다. 방의 중앙에 그려진 기이한 문양의 거대한 진법 탓만은 아니다. 오히려 그 진법을 향해 양 손을 뻗어 제 내력을 쏟고 있는 인물들의 면면이 더욱 방을 가득 찬 듯 보이게끔 만들었다.

우선적으로 홍염환과 남소광.

천하오패 중 이패의 주인인 그들이 식은땀을 흘리며 자신의 내력을 진법 중앙을 향해 쏟아붓고 있었다. 갑작스러운 마노의 등장으로 빠르게 도주를 택했던 남소광은 연신 식은땀을 흘리며 욕지기를 내뱉는다.

"빌어먹을, 이렇게까지 해서 실패하면 정말 다 끝장이오."

그 외로도 굉언 대사와 영 노야, 무연 진인을 비롯한 비무림의 최고수 정예 십 인이 모두 모였다. 진법의 가운데에서 땀을 흘리고 있는 이는 다름 아닌 제갈우현이었다.

"군사, 정말 대룡문주가 마노를 이길 수 있소?"

다른 이들과 마찬가지로 양 팔을 뻗은 채 내력을 쏟고 있지만 비교적 여유가 보이는 영 노야가 제갈우현을 향해 물었다.

이마 위로 흐르는 식은땀을 훔친 제갈우현이 미소를 보인다.

"모르지요."

"……."

"그걸 말이라고!"

남소광이 울컥한 듯 목소리를 높이다 곧 창백해진 안색으로 눈을 감는다.

"집중하셔야 합니다. 자칫하면 본인이 주화입마에 빠지실 수 있어요."

그를 보며 웃음을 보인 제갈우현이 다시금 영 노야를 바라보았다.

"아시다시피 상대가 그 마노 아닙니까. 저 같은 인간이 함부로 재단하려 들면 안 되지요."

"하지만 이 방법을 제안한 건 군사지."

영 노야는 보름 전 밤 굉언 대사를 찾아온 제갈우현의 얼굴을 떠올렸다. 그는 마노의 재등장을 예고했고, 이곳에 큰 싸움이 벌어질 사실조차 미리 짐작했다. 그리고 그때 당시 유일한 희망이라 볼 수 있는 인물이 대룡문주라는 사실 또한 밝혔다.

'욕심이 많은 인물이지만 우리 중 제일이라…….'

오랜 시간 비무림을 이끌어온 수장이자 가장 오래된 천인인 굉언 대사 앞에서 하는 말치고 광오했으나 실제로 본 북궁단청은 겉으로 보이는 것 이상이었다. 굉언 대사 본인조차도 이제 그가 자신을 넘어섰다 하였으니 누가 부정하겠는가? 어찌 됐든 그래서 그를 밀었다. 북궁단청이 아니면 그 누구도 막을 수 없으니까. 그를 못마땅하게 생각하던 다른 천하오패의 주인들도 힘을 합쳐야만 했다. 마노를 막지 못하면 모두 공멸(共滅)해야만 하니까!

결국 그렇게 모인 현 중원 무림의 최고수들의 힘과 제갈우현의 지식을 바탕으로 몇 가지의 진법을 동시에 만들어 냈다.

첫째가 바깥에서 싸우고 있는 다른 임시 무림맹 무인들

의 내력을 나누어 북궁단청에게 몰아주는 것이다. 하나 그 것만으로는 부족하다. 사람이 많은 만큼 엄청난 힘의 양이지만 상대는 마노다. 그는 싸우는 와중에 언제든지 흡정마공을 통해 힘을 불리거나, 채울 수 있었다.

때문에 둘만을 격리할 수 있는 아공간(亞空間)의 진법을 만들어야 했다. 이를 만드는 데 군사 제갈우현은 칠 주야가 넘는 시간 동안 임시 무림맹의 작은 물건과 건물의 디딤돌 등을 제 스스로 바꾸며 준비를 해야 했다.

거기에 절대고수 다섯의 내력이 한 곳으로 쏟아졌다.

아공간 내 두 사람의 격렬한 싸움이 주는 반동을 버텨내기 위해선 그만한 힘이 필수적으로 요구되었다.

그리고 남은 절대고수들의 내력은 지금 방 안에 위치한 진법을 통해 단 일 할만을 남겨둔 채 실시간으로 북궁단청에게 전이되는 중이었다.

힘의 집중!

분명 내공이 늘어난다고 무공이 증가하는 것은 아니다. 하나 광활한 내력이 무시무시한 힘을 불러올 수 있는 것도 사실이다. 천인의 영역에 오른 절대고수의 내력이라면 더 말할 것도 없었다. 완전히 비운 후 새로 차오른 그들의 내력은 여타 무림인들과 비교할 것이 못 되었으니 말이다.

"혹시 해서 묻는데, 대룡문주가 승리할 확률이 얼마나

되오?"

깊게 호흡을 몰아낸 무연 진인의 말에 모두의 시선이 제갈우현에게로 쏠렸다. 이 자리에 모인 이들은 모두 어떠한 상황에 의해서라도 이 색목인을 닮은 기이한 인물과 한 번 이상의 인연을 가졌던 이들이다. 그리고 모든 상황에서 큰 도움을 받았다. 제갈우현의 말 중에 엇나간 것은 하나도 없었다고 봐도 무방했다. 그가 태생적으로 무공을 익힐 수 없는 몸이 아니었다면, 마노를 두려워하지 않아도 됐으리라는 생각을 가진 이도 많았다.

짧게 말해 제갈우현에 대한 신뢰도가 높았다.

의심스러운 면모도 많지만 대부분이 그의 태생적인 것에 관련될 뿐, 어찌 됐든 그가 제갈가의 후손이라는 사실도 분명했다.

"글쎄요……. 이번엔 저도 짐작하기 어렵습니다만. 삼 할 쯤?"

"고작?"

임시 무림맹과 비무림이 가진 전력(全力)을 북궁단청에게로 몰아넣었다. 한데 승률이 고작 삼 할이라고 한다. 모두의 인상이 절로 찌푸려졌다.

"원래 생각대로라면 못해도 오 할이었는데, 바뀌었습니다. 마노가 먼 과거보다 더 강해졌거든요."

제갈우현이 어깨를 으쓱하며 웃음을 흘리자 좌중의 인물들 사이로 절로 신음성이 흘렀다. 그 마노가 더 강해졌다고 하니 저절로 이마 위로 식은땀이 맺혔다. 듣고 보니 삼 할이 아니라, 사실상 대적이라도 해낸다는 것 자체가 대단한 일이 아닐까 싶었다.

"대룡문주가 패배하면 모두 끝이군."

누군가의 무거운 음성이 무겁게 모두의 어깨를 짓눌렀다.

끝.

모든 것의 마지막을 의미하는 그 단어가 이번만큼 무거운 때가 없었다. 과연 마노가 만드는 끝은 어디까지일까? 임시 무림맹의 끝? 아니면 중원 천하의 끝? 어쩌면 그 한계가 없을지도 모른다.

"우스운 이야기일지도 모르지만 인류(人類) 전체의 삶이 걸린 싸움이란 거지요. 저기서 마노가 제 편인 줄 알고 설치는 정신 나간 놈들을 포함해서……."

"마음에 들지는 않지만 우리도 최대한 힘을 내야 한다는 거군."

가는 눈을 뜬 홍염환이 웃으며 말했다.

대룡문과는 적대 관계다. 북궁단청은 욕심이 많은 인물이고 천하를 한 손에 쥐고자 한다. 그런 그가 만드는 세상이 어떤 모습일지는 몰라도 적어도 마노가 펼치는 '끝' 보다는 무엇이 되었든 나을 수밖에 없을 터다. 좌중의 모두가 같은 생각을 했다.

"어쨌든 집중합시다. 우리가 어설프게 굴면 안 그래도 힘든 싸움이 더 어려워질 테니."

"바깥에서 방해나 없으면 다행이지요."

누군가의 말에 간신히 내부를 진정시키고 눈을 뜬 남소광이 말한다.

쾅—!

"말이 씨앗이 되었습니다그려."

영 노야가 부릅뜬 눈으로 남소광을 노려보았다.

방금 전 폭음은 그들이 자리 잡은 방 안에서 멀지 않은 곳에서 들려온 소음이다. 만약을 대비해 방 전체를 두꺼운 강철로 감싸고 있다지만 백린교도들의 자폭이 연속되면 버티기 힘들다. 자리에서 일어날 수 없는 그들 역시 그 순간 죽음을 맞이한다고 보아도 무방했다.

"바깥 싸움은 큰 문제 없을 겁니다. 조금 소란스럽기는 하지만요."

제갈우현이 걱정 말라는 듯 고개를 저었다.

"곧 있으면 원군(援軍)이 올 예정이거든요."

"원군?"

예상치 못한 말에 모두가 고개를 갸웃거렸다.

임시 무림맹은 현재 무림의 힘이 집결된 초 동맹체다. 이 이상의 원조를 기대하는 것은 무리. 기껏 해봐야 중소문파 몇은 의미가 없다. 물론 도움이 될 만한 힘이 하나도 없는 것은 아니었다.

"황궁에서라도 온단 말인가?"

"그들이 그럴 정신이 어디 있을까요? 천하가 어떤 위기를 맞이한 줄도 모르고 제 밥그릇 싸움하기 바쁜데."

제갈우현의 평가는 신랄했다.

무림인이라지만 나름대로 황궁과 황제에 대한 공경심을 갖고 있는 일부의 인물들이 눈살을 찌푸릴 정도로 말이다.

"그러면 대체 누가 온단 말이오?"

"하나 더 있지 않습니까. 백린교 말고, 그에 대적할 수 있으리라 짐작되는 곳."

"이 자리에 없는 귀살주라면 그들은……."

제 땅 지키기 바쁜 식충이들이다. 그리 말하려던 남소광의 눈이 떨렸다. 문득 그의 머릿속을 빛살처럼 지나가고 있는 하나의 생각 탓이었다.

"잠깐. 설마……."

대다수의 중원 무림인들은 생각지 않는 다른 천하오패 모두의 의문.

귀살주는 어째서 천하오패일까?

가장 적은 인원에, 말마따나 제 영역 지키기도 급급한 이들이다. 그런 자들이 천하오패라는 호칭을 등에 업기는 너무 무겁다. 한데도 황제는 그들을 다른 천하오패와 동일 선상에 올려놓았다. 큰 혼란이 이어지는 이 와중에야 짐작이 가는 바가 떠올랐다.

"귀살주는 머리가 아니군. 꼬리 혹은, 기껏해야 몸통쯤 되려나. 그러면 진짜 머리에 위치한 것은……."

"중천교."

남소광의 말을 대신해서 받은 이는 영 노야였다.

한숨을 쉰 그가 자신의 작은 손을 내려다보았다.

이 손으로 그 대를 끊을 수도 있었다.

하지만 하지 않았다.

천하오패로서 제 땅을 지킨 그들의 정의(情意)를 믿어보기로 한 것이다. 설령 그 길이 조금 삐뚤어진 마도라 할지라도 말이다.

'나도 나이가 들었긴 들었구나.'

싸움이 힘들고 투쟁이 버겁다.

투신이라는 별호가 참으로 우스워지는 상황이다.

"중천교라니……."

"잠잠하다 했더니 그들이……."

입을 연 모두가 충격에 빠졌다. 순간적으로 마음이 흔들린 탓에 진법마저 위태롭게 일그러진다.

"일단 진정하시고, 우군이 누가 되었든 우선은 어디까지나 마노입니다."

그때까지 침묵을 지키고 있던 광언 대사가 무겁게 말문을 열었다. 맑은 기운이 서린 그의 목소리가 잔잔하게 퍼져 나가자 흔들리던 진법이 곧장 원형을 갖춘다. 마음을 애써 다잡은 다른 이들도 고개를 주억였다.

우선은 마노다.

그 뒤는 후에 생각해도 늦지 않았다.

물론 제갈우현을 향해 날카로운 눈빛이 날아드는 것은 또 어쩔 수 없는 일이었다.

"제가 한 것 아닙니다."

웃음을 보인 제갈우현이 양손을 들어 올리며 고개를 내저었다. 실제로 그는 중천교의 존재를 알고 있었지만 이용하려 한 적은 없었다. 모든 것은 북궁단청이 만든 일이다. 그가 생각했고, 알아서 나서서 그림을 만들었다. 북궁단청이 이 싸움에서 승리하고 외치고 싶은 것은 분명했다.

"저 싸움에서 대룡문주가 이긴다면…… 그는 자신이 정의라 말하겠군."

남소광이 두 주먹을 움켜쥐며 말했다.

천하오패.

각자 다른 이름으로 불린 그들이 꿈꾸던 세상은 서로 다를 수밖에 없었다. 그중 대룡문주의 꿈을 지지하는 이는 당연히 누구도 없었다.

"공멸할 수 없기에 힘을 보탰지만…… 이 길이 정말 옳은지 모르겠습니다."

홍염환이 안타까운 시선으로 굉언 대사를 바라보았다.

비무림의 주인이자, 현재 정도 무림을 이끌고 있는 실세라고 하여도 과언이 아닌 인물. 지금의 무림은 그가 만든 세상이라 하여도 과언이 아니다. 덕분에 과도한 힘을 가진 천인은 스스로를 뽐내지 않은 채 숨을 죽였고, 무림은 올바른 정의로 돌아갔다. 하나 북궁단청이 만들 세상은 어떨까?

"그가 만약 그르다면, 우리는 또 싸울 뿐입니다."

눈을 뜬 굉언 대사가 모두를 둘러보며 말했다.

우리는 또 싸운다.

그 말이 모두의 심장을 울렸다.

"잊지 맙시다. 정의와 협의는 살아 있습니다. 아미타불."

굉언 대사는 더 이상 말을 잇지 않았다. 현재 비무림의 목표는 오로지 마노 한 명뿐이다. 때문에 그를 이길 수 있는 북궁단청에게 힘을 보탰다. 모두의 마음을 무겁게 짓누르는 이 일은 굉언 대사에게 딱 그 정도인 것이다.

평생을 불가에 귀속한 채 살아온 그 앞에 두 갈래 길은 없었다.

그 말이, 그 사실이 모두의 마음을 엄숙하게 만들었다.

서로의 생각이 복잡하게 얽히던 난잡한 싸움 속에서 꽃이 피어나는 것만 같은 기분이었다.

"정의는 살아 있다라…… 좋은 말씀이십니다. 후후."

무연 진인이 웃음을 흘렸다.

* * *

몰아붙이는 백린교도들을 보며 황천악은 웃었다.

"백린교는 강하다."

현재 그가 느끼는 심경을 완벽히 담은 짧은 말이 입 바깥으로 흘렀다. 임시 무림맹이라는 대단한 힘을 가진 집합체가 백린교 단일 집단을 상대로 엄청난 고전을 면치 못하고 있다. 용맹한 북검문주가 놀라운 신위를 보이기는 하나 그 역시 칠대마왕 중 셋의 협공을 견뎌내는 것이 고작이었다. 물론 그로 인한 걱정도 있었다.

'남도문주는 부상을 입었고, 북검문주는 눈앞에 있다. 나머지는 어디 있을까?'

황천악이 계산한 임시 무림맹 최대의 전력은 스스로를

천인이라 자부하는 절대고수들이다.

그 수는 어림잡아 열.

천하오패의 주인 다섯을 비롯한 감춰진 인물이 그만큼이나 더 있다. 그중 둘은 눈으로 확인했다. 하면 나머지 여덟은 짐작이 갔다.

'못해도 다섯 이상은 마노에게 붙잡혀 있겠지.'

그럼 또 셋이 남는다.

어딘가에서 지켜보고 있나? 기회를 기다리고 있을 수도 있다. 어쨌든 상관없었다. 두 명쯤 더 천인이 추가된다 한들 이미 승기를 잡은 이 싸움에 패배는 없었다. 황천악 본인의 무력까지 생각한다면 상상을 벗어나 넷 정도로 늘어난다 하여도 무방했다.

"백린교는 강하다."

거듭 같은 말을 내뱉은 황천악의 입가로 웃음이 번졌다. 위험한 모험이었지만 마노를 품에 안은 것은 탁월한 선택이었다.

몸을 날려 임시 무림맹의 기를 한 손으로 부러트린 황천악이 파안대소를 터트렸다.

"흐하하하하!"

전장 한복판에 갑작스럽게 흐르는 그 웃음은 누구의 주목도 받지 못했다. 큼직하고 무겁지만 생과 사를 가르는 싸움터에서 시선을 줄 정도는 아니다. 하나, 달라진 공기와 함께 높은 언덕 너머로 달려오는 먼지구름은 달랐다.

"응?"

웃음을 거둔 후, 그 먼지구름을 가는 눈으로 바라본 황천악의 미간이 찌푸려졌다.

'누구지?'

처음 보는 복색에 정체를 알 수 없는 무리다.

곧장 짐작이 가지 않았다.

하나 답은 금방 알려졌다.

두두두.

달리는 말 위로 솟아나온 한 줄기 하얀 깃발이 높은 하늘 아래 휘날린다.

펄럭—!

중천(中天).

그 두 글자를 읽은 황천악의 눈이 부릅떠졌다.

"저 자라 같은 놈들이 감히 숟가락을 얹으려고!"

자신과 같이 또 다른 음지에서 힘을 키워 온 그들은 분명 호기심이 가는 존재였다. 하나 마도봉기 이후에도 별다른 행동이 없어 그저 겁쟁이들이라고만 여겼다. 몇 번이고 접선을 시도했지만 모두 실패. 그런 이들이 다 이겨 가는 싸움에 모습을 드러냈다.

마도천하의 그림에 무엇이라도 손을 보태자는 심보인 것이 분명해 보였다.

문제는 그런 중천교의 기세가 결코 만만치 않다는 것이었다.

'여기서 놈들까지 상대하면 우리가 불리하다.'

황천악의 머리에 빠른 계산이 섰다.

마음에는 들지 않지만 지금 중천교와 적대하는 것은 너무 좋지 않다. 일단은 한 손을 잡고 걸어 나가는 것이 옳다.

'뒷이야기는 뒤로 미뤄 두기로 하고…….'

꺾인 임시 무림맹의 깃발을 한 손에 든 채 장포자락을 휘날린 황천악이 몸을 날렸다. 그들이 임시 무림맹에 도착하기 전에 어떠한 결론이라도 내야 한다.

"모두 멈추시오!"

땅을 떨게 만드는 말발굽보다 더욱 웅혼한 목소리가 대기를 울렸다.

"모두 멈춰라!"

중천교의 기수들 사이에서 낮은 남성의 목소리가 그 뒤를 따른다. 눈앞의 황천악의 위협에도 조금도 걸음을 멈추지 않던 중천교의 기수들이 순식간에 말을 멈추었다.

'생각보다 더 제법이군.'

기개에서부터 명령이 전달되고 그를 이행하는 과정이 일

사천리에 흐트러짐이 없다. 겁이 많다고 하지만 약하지는 않다. 임시 무림맹이 무너진 이후 천하를 양분해야 할지도 모르는 상대의 등장에 황천악의 마음이 무거워졌다.

'다시 한 번 마노를 쓴다면…….'

아니, 좋지 않다.

역시 이쯤에서 마노는 끊어내는 것이 옳다는 생각이 번복되었다.

"당신은 누구시오?"

도열한 기수들 사이에서 쇠를 긁는 것 같은 기괴한 목소리가 들려온 것은 그때였다.

'아까 그 목소리의 주인인가?'

낮다고 생각했던 목소리는 차라리 높이 외친 것이었다. 지금의 목소리는 듣고 있는 것만으로 몸에 소름이 돋아날 정도로 굉장히 거칠었다.

"여기저기서 느껴지는 기운을 보아하니 동료가 맞군. 하하. 반갑소. 나는 백린교의 교주 황천악이라고 하오."

황천악의 짧은 소개가 지나가고 잠시 정적이 흘렀다.

"거 그 안에서 그럴 게 아니라 나와서 이야기합시다. 우리 서로 해야 할 말도 많을 텐데."

어깨를 으쓱한 황천악이 기수들의 중앙을 바라보며 말했다. 아무리 모습을 감추려 했다지만 그의 시선을 벗어날 수는 없다. 일종의 충고였다.

두두두.

곧 그런 그의 의지에 따라 기수들이 중앙으로 갈라지며 길이 열렸다.

그 중심을 걸어오는 것은 머리를 말의 허리까지 늘어트린 음울해 보이는 남성뿐만이 아니었다.

'여자?'

심지어 굉장히 아름다웠다.

백린교를 이끌며 나름대로 제법 미녀를 섭렵해 왔다는 황천악도 처음 보는 수준의 미녀였다.

'중천교주의 여자인가?'

절로 아쉽다는 마음이 들었다. 저런 미녀라면 쉽게 질리는 성정의 그라고 하여도 매일 밤 품에 안아줄 수 있을 텐데. 입맛을 다셨다.

완전히 앞으로 나선 그들이 황천악의 바로 앞에서 말을 멈춘다. 하나 지면으로 내려서지는 않았다. 그 사실이 또 불쾌하다. 황천악이 눈살을 찌푸렸다.

"아직 우리 사이가 정해진 건 아니지만 이건 예우가 아닌 것 같소. 중천교주. 적어도 말에서는 내려야 할 것 아니오?"

곁에서 본 중천교주를 확인한 순간 황천악은 확신했다.

그는 자신보다 하수다.

제법 대단한 수하들을 이끌고 있지만, 정도의 표현을 빌려 이제 막 천인의 경지에 오른 애송이다. 이 정도는 마음만 먹는다면 언제든 죽일 수 있었다. 무겁던 마음이 조금 가벼워졌다.

"아쉽지만 관계는 정해져 있군요."

대답은 남자가 아닌 여자에게서 돌아왔다.

자연스레 황천악의 시선이 그녀에게로 향했다.

"정말 아름답군."

감탄과 함께 본심을 흘린 황천악이 싸늘한 웃음을 흘렸다.

"하지만 그 미모만 믿고 큰 일에 끼어서는 안 되는 법이지요. 주의하시는 게 좋겠소."

"……."

여인은 말이 없었다.

잠시 그런 여인을 향해 미소를 보인 황천악의 시선이 다시 긴 머리의 남자에게로 돌아가려는 순간이었다.

챙!

"……!"

눈을 부릅뜬 황천악이 검을 뽑아 드는 순간, 말을 타고 있던 중천교 무인들 역시 일시다발적으로 각자의 병장기를 뽑아 들었다. 철 소리가 마치 하늘을 때리는 것처럼 주변에 크게 울려 퍼졌다.

하나 황천악은 그를 신경 쓸 여력이 없었다.

당장에라도 그를 향해 달려올 것 같은 저 중천교의 대군보다, 눈앞에 있는 여인의 서늘한 눈빛이 더욱 위협적으로 느껴진 탓이었다.

'이 여자…… 이 여자가 진짜였나?'

전혀 예상치 못했던 결과에 침을 꿀꺽 삼키는 황천악에게 처음 들었던 남성의 목소리가 들려왔다.

"어찌할까요? 백린교 교주라면 임시 무림맹에게 좋은 선물이 될 겁니다."

남성의 말은 위협적이었다.

방금 전까지만 하여도 코웃음 칠 수 있는 이야기였지만, 여인의 차가운 시선이 황천악의 얼굴에 꽂힌 순간 완전히 달라졌다.

'실수했다.'

황천악의 등 뒤로 식은땀이 연신 흘렀다.

그는 혼자서 눈앞의 여인과 남성을 동시에 상대할 자신이 없었다. 객관적으로 말해 여인 하나도 힘들었다.

"선물을 주러 온 자리는 아니지만 죽여서 나쁠 건 없겠지."

여인의 입에서 결단이 내려졌다.

동시에 황천악의 머리 위로 투명하고 거대한 검이 떨어졌다.

"끄아아악—!"

비명을 내지른 황천악이 핏물을 흘리며 뒷걸음질 쳤다. 그의 왼쪽 어깨에 달려 있어야 할 팔 한쪽은 서늘한 바닥에 떨어져 마구잡이로 날뛰고 있었다.

"도망치는 솜씨는 제법인 것 같군요."

서늘한 음성을 남긴 남성의 손이 길게 내뻗어졌다. 생각지 못한 일격에 허우적거리던 황천악이 눈을 붉혔다.

"개 같은 연놈들!"

동시에 검을 휘둘렀지만 남성의 무공 역시 만만치 않았다.

캉—!

검과 장이 부딪치며 굉음을 토했다.

동시에 또다시 모습을 드러낸 투명한 검이 황천악의 오른쪽 다리를 잘라버렸다.

"끄악—!"

균형을 잃고 바닥으로 무너진 황천악이 비명을 내지르며 바닥을 구른다.

"마무리는 제가 짓겠습니다. 굳이 손에 더러운 피를 묻히실 필요는 없겠지요."

"편한 대로."

"개 같은 놈들!"

두 사람의 대화에 다시 한 번 욕을 흘린 황천악의 검에서 빛이 뿜어져 나온 것은 순식간이었다. 예상치 못했던 광경에 재빨리 남성이 손을 뻗었다. 여인의 투명한 검 역시 다시 한 번 휘둘러졌다.

쾅—!

하나 두 사람의 무공은 모두 덧없이 바닥을 때릴 뿐이었다.

"사라졌습니다."

"그러게."

생각지도 못한 상황에 당황하는 두 사람의 뒤로 늙은 노파가 다가왔다.

"주술의 일종인 것 같다. 당장 쫓기는 어려울 거야. 그나저나, 저기도 힘들어 보이는데 어서 가주는 게 좋지 않겠느냐?"

여인의 서늘한 시선이 노파를 향했다.

놀랍게도 그와 동시에 하늘의 태양마저도 얼릴 것 같던 그녀의 눈에 따뜻함이 어린다.

"걱정 마세요. 아무리 그래도 쉽게 당할 사람은 아니니까요."

"누가? 네 아비?"

노파, 파산노사의 물음에 입가로 쓴웃음을 지은 여인이 고개를 주억이며 임시 무림맹을 향해 시선을 돌렸다.

"그 사람도 그렇고요. 또……."

"하긴 저 안에 나도 인정하는 녀석이 하나 있지. 그래도 서둘러야 할 게다. 네가 힘을 보태야 할 일이 아직 있을 수도 있지."

"그렇겠죠. 가죠."

여인, 운명으로부터 북궁소라는 이름을 배정받은 그녀가 중천의 깃발을 등에 업은 채 말을 박찼다.

*　　*　　*

천재지변(天災地變).

인간의 힘으로 막을 수 없는 거대한 자연의 재앙을 뜻함이다. 하늘이 인간을 벌하기 위해 일으킨 그 일을 자력으로 막아낼 수 있는 이는 누구도 없다.

아공간 속에 갇힌 두 사람은 그러한 천재지변과 같은 일을 제 손으로 벌리고 있었으며, 막아서기까지 하고 있었다.

콰과광—!

검은 뇌전과 황금빛 벼락이 부딪치며 방금 전까지 그 아래에 있던 건물이 재가 되어 허공으로 흩날린다.

꽝—!

혹여 바닥에라도 그 힘이 충돌하면 지면이 깊숙이 파이며 지형이 변했다. 이 모든 광경이 펼쳐지고 있는 장소가 실제와는 전혀 다른 아공간이란 것은 문제가 안 된다. 이만한 일을 벌이고 있는 두 사람의 무력(武力)은 아공간이 아닌 그 밖이라 한들 다를 것이 없었으니 말이다. 다만 그 싸움에도 분명한 격차는 존재했다.

"하아…… 하아……."

화려한 금빛 섬광을 몸에 두른 남성, 북궁단청 측의 입에서 조금씩 거친 숨결이 흘러나오기 시작했다.

"흐흐흐…… 여기까지인 게냐?"

반면 검은 뇌전을 전신에 피어 올리고 있는 마노는 여유로워 보였다.

'이 정도……였나…….'

생각보다 더한 싸움의 격차에 북궁단청의 손이 떨렸다. 입가로는 쓴웃음이 흘렀다.

'운 좋으면 오 할 이상, 운이 없어도 삼 할 정도라고 하지 않았소.'

한데 지금 그의 눈에는 삼 할은커녕 일 할의 승률도 보이지 않았다. 마노는 무너지지 않는 철벽이었고, 그는 작은 해일이었다. 해일이 오랜 시간 철벽과 싸운다면 녹이 슬게

할 수는 있겠지만 결코 무너트릴 수는 없을 터다.

"영웅 한 번 돼 보려다가 꼴이 말이 아니군."

양손을 털어 넣은 북궁단청이 욕을 내뱉는다.

아닌 게 아니라, 이 자리에서 죽게 된다면 그의 모든 계획이 의미가 없어진다.

"왜 그래, 아직 남은 게 하나쯤은 있을 것 같은데?"

마노가 그런 북궁단청을 팔짱을 낀 채 내려다본다. 여유롭다 못해 오만한 광경이었지만 더 이상 북궁단청은 그를 따질 수가 없었다. 힘의 차이가 명백하거늘 달리 무슨 말이 필요하겠는가?

"그 하나쯤 사용하고 실패하면, 여기 나는 없는 것 아닙니까?"

"목숨은 붙어 있겠지."

"살아도 산 게 아닌 송장이 되느니 차라리 스스로 목을 끊겠지요."

마노의 입가가 사나운 웃음을 그렸다.

반면 북궁단청은 그 말과 다르게 심각한 고민에 빠져 있었다.

'어차피 물리적인 힘으로 격돌하는 것은 가망이 없다.'

예상을 한 제갈우현과 기대를 건 다른 절대고수들에게 미안할 정도로 마노는 강했다. 결국 물리적인 싸움으로는 눈앞의 괴물을 넘어설 수 없다는 걸 인정할 수밖에 없는 싸움이 된 것이다. 마음의 싸움을 해야 한다. 벽을 넘어서서 얻은 그의 한 자루 심검(心劍)으로 마노의 마음을 무너트려야 한다. 실패는 염두에 둘 필요가 없었다. 이렇게 죽든, 저렇게 죽든 그의 야망이 끝이 나는 것은 똑같았다.

"확실히 나는 강하지?"

"몰라서 묻습니까? 강하지 않았다면 고민도 안 했을게요."

북궁단청이 인상을 찌푸린 채 말했다.

"그렇지. 난 강하지. 천하제일이야. 한데 왜 아직도 이렇게 불안할까……."

"무슨 말입니까?"

"재미있는 이야기. 어쨌든 마음의 준비는 끝난 것 같은데 이제 슬슬 해보지그래. 기다려 주기도 지치는데. 흐흐."

"……목숨을 걸겠습니다."

"설마 살아나갈 생각이었나?"

"당신을 죽이고 영웅이 될 생각이었지요."

"그리 돼서 천하를 한 손에 쥐고 신이라도 된 듯한 기분을 느껴 보려고? 크흐흐. 그거 나쁘지 않군. 나쁘지 않아."

"신이라도 된 듯한 기분이 아닙니다. 진짜 신이지요. 당신만 없다면, 나는 이 천하의 유일무이한 실존하는 신이 될 수 있습니다."

작게 읊조리는 북궁단청의 몸에서 다시금 황금빛 기운이 격렬하게 피어올랐다.

번쩍—!

발걸음을 떼는 순간에는 그의 몸속에 끊임없이 밀려오던 내력이 한순간에 폭발한다. 가히 천 년의 내력이라 부르기에 부족함이 없는 어마어마한 힘의 폭발이다.

쾅—!

그런 엄청난 힘을 한 손으로 막아선 마노가 웃었다.

"네 야망, 내 마음에 들었다. 만들어 줄 수는 없지만 대신해 줄 수는 있지. 그 신, 내가 되어 보마. 내 말 한마디, 손짓 한 번에 천하가 미친 듯 들썩이겠지. 그렇게 몇 번 하고 나면 진짜 미쳐버릴 거야. 난 혼자가 아니게 되는 거지. 그래, 그런 방법이 있었어. 하지만 그렇게 되면 난 유일하지 않나? 유일하지 않은 나는 무엇이지?"

마노의 눈매가 찌푸려졌다.

혼자이기 때문에 강하다.

하나 혼자이고 싶지 않다.

상반된 두 마음이 마노의 마음속에서 갈린다.

그 틈새를 노리고 있던 북궁단청의 등 뒤로 짐승의 형상이 모습을 드러냈다. 범의 몸체에 용의 머리를 가진 그것은 북궁단청 본인을 표현한 심수(心獸)이자 신수(神獸). 누군가에게는 검 혹은 또 다른 형태로 표현되고는 하는 그의 심검이 단숨에 마노를 덮쳤다. 집어삼켰다. 틈을 주지 않은 완벽한 일격이었다.

픽—!

눈이 반쯤 풀린 마노의 신형이 처음으로 흔들렸다. 아주 찰나의 순간, 눈 한 번 깜빡일 틈새조차 없던 시간에 벌어진 일이다. 직후 마노는 미소 지었다. 거대한 짐승의 아가리를 제 손으로 벌리고 나오며 외쳤다.

"갈!"

철그렁.

쇠사슬이 끊어지는 소리와 함께 북궁단청의 신수에 비해 다섯 배는 거대해 보이는 마수가 모습을 드러냈다. 하늘을 덮고 태양 빛을 가린 그 마수의 위엄은 북궁단청조차 처음 보는 것이었다.

"무슨 저런……."

마음의 싸움은 유일한 희망이다.

아무리 마노가 대단하다지만 그의 마음은 어딘가 일그러져 있다. 틈이 있고, 불균형하다. 때문에 북궁단청은 처음 심검을 얻었을 때 마노를 상대로 승리를 떠올리곤 했다. 유일무이라는 자존심과 알 수 없는 위엄과 존재감이 마노를 감싸고 있다지만 이길 수도 있다고 생각했다. 하나 착각이었다. 마노의 광기(狂氣)는 북궁단청의 생각을 아득히 벗어났다.

'그야말로 하늘까지 집어삼키는 마수…….'

기껏해야 하늘 아래를 지배하려 한 그의 마음이 어찌 거기에 미칠 수 있을까.

그그극—!

거대한 마수가 움직이고, 북궁단청의 신수를 향해 거대한 앞발을 휘두른다. 항거할 수 없다. 천하의 북궁단청도 감히 대적할 엄두조차 나지 않았다.

"운명이란 것인가……."

천하를 발아래 두려 한 자는, 하늘마저 삼킨 마를 이기지 못한다.

그 운명이 결국 북궁단청의 마음을 집어삼켰다.

"끄아아악!"

엄청난 비명을 내지른 북궁단청이 제자리에서 무너졌다. 떨리는 팔과 다리를 잡아 의지력을 불러 일으켰지만 따르지 않는다. 마음을 잃은 그는 영혼이 사라져 가고 있었다. 죽어 가고 있었다.

'아직, 아직…….'

그런 북궁단청의 앞에 선 마노가 웃었다.

"꿈이 큰 덕인가? 아니면 의지력인가? 아직까지 버티고 있는 건 확실히 네놈이 처음이다."

"나, 나는…… 죽지……."

북궁단청의 떨리는 시선이 마노의 두 눈과 마주친다.

결국 겁먹은 아이처럼 몸을 바짝 움츠린 북궁단청의 시선이 바닥으로 떨어졌다.

"버틴 것은 용하다만 여기까지다. 북궁가의 아이야."

마노의 손에서 검은 기운이 무럭무럭 피어올라 지옥의 아귀처럼 입을 벌린다. 마노는 탐나는 먹잇감을 눈앞에 두고 구걸하는 그 힘을 순식간에 풀었다.

"맛있는 식사시간이다."

"끄, 끄아아—!"

다시 한 번 비명이 아공간 내부에 울려 퍼졌다.

* * *

"모두 내력을 거두세요!"

조용한 방 안 속, 제자리에 가부좌를 튼 채 전력을 다하던 제갈우현이 눈을 부릅뜨며 외쳤다. 그 말이 끝나기 무섭게 대부분이 힘을 거두었으나 그렇지 못한 이도 존재했다.

결과는 참혹했다.

"끄, 끄어어억—!"

진법을 이루고 있던 절대고수 중 일 인이 갑작스러운 신음을 내지르며 바닥에 쓰러진다. 그의 굳건하던 신체가 목내이와 같이 말라비틀어진 것은 순식간이었다. 이와 같은 힘을 이 자리에 모인 이들은 모두 잘 알고 있었다.

"흡정마공!"

"마노가!"

"대룡문주가 진 건가?"

엄청난 충격이 방 안을 감쌌다.

입술을 깨물며 자리에서 일어난 제갈우현이 고개를 주억인다.

"죽었거나, 살았더라도 이미 산 사람이 아닐 겁니다."

"하면 우리는 어찌해야 하는가!?"

남소광이 자리에서 벌떡 일어나며 외쳤다. 그 역시 입가에 피가 맺힐 정도로 내상을 입은 상태였지만 지금 그쯤은 아무런 문제가 아니었다.

공멸을 피하고자 힘을 보탰다.

한데 결국 기다린 결과가 공멸이다.

충격이 가실 도리가 없었다.

"어쩌겠습니까. 계속 싸워야 하는 게지요. 아미타불."

"대사는 어찌 이런 순간까지 침착할 수 있단 말입니까!?"

홍염환도 자리에서 일어나며 외친다.

죽음이 다가오고 있다.

항거할 수 없는 죽음은 그를 죽이는 것에서 만족하지 못할 터다. 세상을 집어삼킬 것이 분명했다.

"무량수불!"

쿵—!

자리에서 일어난 무연 진인의 도호가 두려움으로 가득 찬 방 내에 작은 진동을 일으켰다.

"세상이 끝난다 한들, 그 이전에 내가 먼저 생의 끝을 볼 것입니다. 그게 용기고, 그게 협의 아닙니까? 이곳에 모인 동도들은 굉언 대사의 목소리가 아직도 들리지 않으십니까?"

"옳은 말이야. 세상이 끝나기 전에, 내가 먼저 죽으면 될 일이지. 그러면 두려울 것이 없어."

영 노야가 웃음을 흘리며 몸을 일으킨다.

그 역시 크나 큰 충격을 느꼈지만 아무렴 어떠랴?

지금 그의 눈앞에 영웅들이 있었다.

비록 그 빛을 끝까지 피우지 못하고 바래져 갈 운명이라 할진들, 이토록 용감한 이들이 있다면 희망은 끝나지 않는다. 게다가 아직 그의 마음속에는 남은 빛줄기가 분명 존재했다.

'우리가 여기서 끝을 맺더라도, 그것이 네 끝은 아니었으면 좋겠구나.'

정범의 얼굴을 떠올린 영 노야의 입가로 미소가 번진다. 그런 영 노야의 얼굴을 보며 같은 생각을 한 무연 진인과 굉언 대사의 얼굴에도 묘한 웃음이 번졌다.

그래, 설령 여기서 그들의 삶이 끝날지라도 희망은 남아 있다.

"나갑시다. 여기서 이러고 있을 시간이 없습니다."

영 노야가 먼저 등을 돌렸다.

"아미타불."

"무량수불."

짧은 도호와 불호가 곧장 뒤를 따른다.

"제길, 어차피 죽어야 한다면 싸우다 죽는 것이 옳겠지요."

홍염환이 도를 뽑아 거칠게 걸어 나간다.

남은 인원들은 더 이상 고민하지 않았다.

마음속에 깊이 찾아온 심마를 닮은 두려움을 이겨내고 무릎을 폈다.

"갑시다. 끝까지 싸우러."

누군가의 목소리가 또다시 모두를 이끈다.

마지막까지 자리에 남은 사람은 제갈우현과 남소광 단 둘뿐이었다.

"젠장. 여기서 끝이라고? 이 내가?"

제갈우현의 시선이 그를 향했다.

"술이라도 한잔 드립니까?"

"……."

남소광의 차가운 시선이 제갈우현을 바라본다.

"필요 없소. 마시고 나면 정말 죽을 것 같잖아."

한숨을 내쉰 남소광이 도를 움켜쥐었다.

마음을 다잡았다.

"제길, 죽어도 용맹하게. 만약 이곳에서 군사가 살아남는다면 그렇게 전해 주시오. 남도문의 남소광은 최후까지 용감하였다고."

"꼭 그리하겠습니다."

"꼭 살아남으시길 바라겠소."

망설이던 남소광마저 마노를 향해 몸을 날렸다.

그렇게 모두가 떠난 자리, 녹안을 빛낸 제갈우현 역시 느린 걸음으로 바깥을 향했다. 그에게는 느껴졌다. 주변에 몰려든 수많은 기운과 이변. 격류의 흐름이 모두 보인다. 그것을 보고 있자니 웃음이 먼저 나왔다.

"작은 천하로구나."

임시 무림맹이라는 작은 건물 내부에 그야말로 작은 천하가 담겼다.

천하라는 무거운 글귀를 이름 앞에 붙이기에 부족하지 않은 이들이 손을 맞잡은 채 격류의 흐름에 휩쓸리고 있다. 제갈우현 역시 최대의 노력을 해왔지만 그에 항거할 도리가 없었다.

"결국 북궁가의 운명은 그를 넘어서지 못했는가."

아쉬운 눈빛을 한 제갈우현의 시선이 혼돈 속에 휩싸이고 있는 전장을 넘어 멀고도 먼 땅으로 향했다. 그가 만들고 남긴 유일한 희망이 그곳에서 장작을 모으고 있다. 장작이 모여 하나의 불을 피울지, 재가 될지는 두고 보아야 할 일. 어느 쪽이든 그 역시 운명이 알려줄 터였다.

* * *

쨍그랑.

주변을 감싸고 있던 거짓된 세상이 거울처럼 깨져나가는 모습을 보는 마노의 눈에 웃음이 떠올랐다. 즐거웠지만 지루했던 싸움은 끝났다. 그는 또다시 하나의 발판을 마련했으며 더욱 큰 힘을 손에 넣었다.

'이 정도라면…….'

자신감이 차오른다.

그리고 곧장 의문이 떠올랐다.

'이 정도로?'

미소 가득하던 얼굴이 와락 구겨졌다.

어째서일까.

이렇게까지 했는데도 마음 한편에 불안함이 피어오르는 것은 왜일까? 그는 절대자였다. 유일무이하였으며, 누구보다도 강했다. 모두가 인정하고 있는 사실이었으며 이번 싸움을 통해 또다시 한 번 증명했다. 한데도 아직까지도 한 얼굴을 떠올리는 것이 두려웠다. 그와의 싸움이 무서웠다.

"빌어먹을."

몇 번의 패배가 그를 길들인 것일까?

그렇다면 수십 번이 더 넘는 승리로 그를 뛰어넘으면 된다.

좋던 기분이 단숨에 바닥을 친 마노의 시선이 주변을 훑었다.

마침 기분 풀이용으로 좋은 먹잇감이 가득 보인다.

그중에는 그를 오랜 시간 괴롭혀 온 이들도 존재했다.

"하, 기분이 더러워졌어."

마노의 신형이 하늘을 갈랐다.

"옵니다!"

그를 확인한 무연 진인의 외침이 채 끝나기도 전, 검은 벼락이 그들의 머리 위를 덮쳤다.

동시에 자리에 모여 있던 모두가 한 몸이라도 된 듯 각자의 절기를 펼쳐낸다.

콰—!

폭음이 일고, 검은 벼락과 아홉 절기가 동시에 사라졌다. 그 뒤에 드러난 흔적의 승패는 명백했다.

"쿠웨에엑—!"

"무슨 내력이!"

핏물을 토하거나, 경악을 한 채 눈을 부릅뜨거나 각자 주먹을 움켜쥐고 있는 천인들과 달리 마노는 여유로웠다. 주먹을 쥐었다 폈다, 몇 번이고 확인한 마노의 고개가 주억여졌다. 입가로는 다시 미소가 번진다.

"역시 난 강하군."

천인이라고 설치는 저깟 애송이들 열 명쯤은 아무렇지 않을 정도로 강하다. 북궁단청의 내력을 집어삼키며 그 힘은 몇 배나 더 강해졌다. 그의 전신에 들끓고 있는 내력을 수치로 환산하면 얼마나 될까? 갑자로 표현하는 것도 우습다. 이미 천 년을 상회하는 내공을 지녔으니 손길 한 번에 산을 뒤집을 수 있으리라.

"해 볼까?"

문득 떠오른 호기심에 마노의 시선이 숭산을 향했다.

거대하고 높은 봉우리가 잔뜩 솟은 그곳에는 무림의 명

문이라는 소림이 자리 잡고 있다. 이참에 그를 일거에 날려 버린다면 제법 즐거울 것 같았다.

"안 그래도 소림 땡중들 꼴 보기가 참 싫었지."

초승달처럼 휘어진 마노의 시선이 굉언 대사를 향했다.

직후 마노의 손이 휘둘러졌다.

뻗어나간 것은 일천 년의 내력을 간직한 작고 검은 폭풍이다.

"안 돼!"

그를 확인한 굉언 대사의 몸이 본능적으로 허공을 날았다. 검은 폭풍 앞을 막아선 그의 몸에서 찬란한 황금빛이 뿜어져 나왔다.

"이곳은 지나갈 수 없다!"

굉언 대사의 중후한 일갈이 검은 폭풍을 막아서는 듯했다. 잠시나마 찬란한 황금빛에 밀린 검은 폭풍이 움직임을 멈추었으니 말이다. 하나 결국 검은 폭풍이 다시금 움직인다.

"갈!"

눈을 부릅뜬 굉언 대사가 사자후와 함께 주먹을 내뻗었다.

쾅—!

검은 폭풍과 주먹이 부딪치며 눈부신 폭발이 일었다.

"대사!?"

반쯤은 멍하니 그 광경을 지켜보던 모두가 정신을 차린 것도 그때였다.

쿠구구—!

빛이 사라지고, 거대한 힘을 내뿜던 검은 폭풍의 흔적 역시 보이지 않는다.

"대사!"

하나 기쁨의 환호성을 토하기에는 일렀다.

그 주변 어디로도 굉언 대사의 흔적이 보이지 않았다.

작은 옷깃조차 남기지 보이지 않는 허공을 보며 모두의 시선이 떨렸다.

"대사……?"

고고고고—!

황금의 빛과 함께 사라진 줄 알았던 검은 폭풍이 휘몰아치듯 다시금 생성된다. 끝이 아니었다. 검은 폭풍은 아직 그 힘을 모두 잃지 않았다.

"이, 이럴 수가……."

다시금 거대한 죽음의 힘이 숭산을 향해 나아가기 시작했다.

"빌어먹을!"

혼돈 속에서 마노의 웃음소리가 터져 나왔다.

"크하하하! 완전히 재가 되어 사라졌나!"

가장 거슬렸던 굉언 대사를 단 일 수에 손쉽게 처리하였다. 그것만으로도 상당히 유쾌한 기분이 들었다.

"모두 끝까지 싸워야 합니다."

"대사의 의지를 따릅시다!"

굉언 대사는 죽었다.

믿고 싶지 않지만, 은연중에 그 사실을 깨달은 절대고수들이 눈을 붉히며 허공을 날았다. 목숨을 담보로 그가 마지막까지 간직하려 하였던 숭산을 지키기 위함이다.

"흐아앗!"

각자의 절기를 펼치며 검은 폭풍 앞을 막아서는 모두의 얼굴에 결의가 어렸다.

그 힘이 닿은 것일까?

카가각—!

검은 폭풍이 수많은 강기와 절기에 막혀 휘청이기 시작한다. 밀린다. 천년의 내력을 밀어내는 그들의 모습은 장내의 싸움마저 거둬 갔다. 몇 남지도 않은 백린교인들과, 정도 무인, 중천교인들의 시선이 모두 허공을 향했다.

얼굴에 핏줄을 세우며 전력을 다하는 그들의 모습은 장엄했다. 지상에 서 한쪽 팔만을 지루한 표정으로 뻗고 있는 마노의 모습은 그야말로 지상에 강림한 악마의 표상이다.

"제발……!"

누군가의 간절한 목소리가 울려 퍼졌다.

"이겨라!"

"힘내 주십시오!"

저 검은 폭풍이 갑작스럽게 등장한 절대고수들의 손에 의해 사라지기를. 개중에는 이름을 아는 이도, 모르는 이도 있었지만 모두가 한 마음이 되어 응원했다.

"불쾌하군."

그 목소리에 인상을 찌푸린 마노가 다시 한 번 손을 휘둘렀다.

고오오—!

검은 내력이 둥근 원형으로 뭉쳐져 다시 한 번 회전하기 시작한다.

검은 폭풍이다.

"저, 저게 또!"

"죽어라."

모두가 놀라는 순간, 마노의 음성이 선고처럼 떨어질 때였다.

서걱—!

투명한 검이 마노의 머리끝에서부터 떨어져 그의 등을 길게 갈랐다.

촤아악—!

튀어오르는 검은 핏물을 확인한 모두의 눈이 떨렸다.

어찌 사람의 피가 검을 수 있단 말인가?

또한 어찌 사람이, 저런 상처를 입고도 아무렇지도 않게 고개를 돌릴 수 있단 말인가?

"이건 또 뭐야?"

"죽어."

북궁소의 검이 휘둘러졌다.

동시에 그녀의 투명한 검이 사방에서 마노를 찔러들어 갔다.

푸부부북—!

마노의 손 앞에 생성되었던 두 번째 검은 폭풍이 꺼졌다.

투명한 검에 전신을 찔린 마노의 신형도 떨리듯 쓰러진다.

하나 그뿐이었다.

"나…… 뭔가 달라진 것 같은데?"

전신에 검을 꽂은 채, 검은 핏물을 토하는 마노가 징그러운 웃음을 그렸다. 심장과 뇌, 그리고 온몸에 존재하는 사혈을 동시에 찔렸다.

한데도 마노는 웃음을 짓는다.

"이제 보니 나…… 죽을 수 없나 보군."

그 말마따나였다.

마노의 전신에 꽂혀 있던 투명한 검이 흡수되기 시작한다.

죽음에 이르렀던 그의 상처는 순식간에 수복된다. 치유되어 버린다. 오히려 그 힘마저 한 입에 집어삼킨 마노가 또다시 웃음을 터트렸다.

"크하하하! 진짜다! 이번에야말로 나는 진정한 유일무이!"

쾅—!

그가 아무렇게나 휘두른 주먹이 북궁소의 복부를 때렸다. 북궁소는 가까스로 검을 들어 그를 막아냈지만 힘을 견디기에는 무리였다.

"쿠웩—!"

피를 토한 북궁소의 신형이 허공을 실 풀린 연처럼 날아 바닥에 떨어진다.

"내가 제일이다! 이제 죽음은 없다. 나는, 두렵지 않다!"

광기에 휩싸인 마노의 손에서 또 한 번 기운이 만들어진다. 이번에야말로 정말 끝.

모두의 얼굴에 절망이 어린 순간이었다.

덜컥—!

기관의 어딘가가 고장 난 듯, 날뛰던 마노의 몸이 마구잡이로 뒤틀린다. 동시에 그의 몸 내부에서 폭발이 일었다.

꽈과광—!

부풀었다 가라앉았다, 터져나가고, 수복되고.

몇 번이고 같은 행위를 반복하던 마노의 두 눈에 짜증이 어렸다.

"빌어먹을 천마서약서!"

영문을 알 수 없는 말을 남긴 마노의 신형이 단숨에 제자리에서 사라졌다.

해가 뜰 때부터 시작되었던 싸움은 그렇게, 저녁노을이 찾아올 즈음 갑작스럽게 끝이 났다.

"놈이 갔어?"

"사, 살은 건가?"

살아남았다는 사실조차 믿기지 않는 상황에 모두가 의문을 흘릴 때쯤, 한숨을 쉬며 그들 사이로 내려앉은 제갈우현이 고개를 끄덕였다.

"일단은, 모두 산 것 같군요."

일단은 살았다.

어둠이 잠시 물러났고 운명은 그들에게 짧은 삶의 연명을 허락했다.

'과연…… 얼마나 갈지는.'

참으로 긴 밤이었다.

*　　*　　*

"어서, 빨리 오란 말이다. 이 멍청이가!"

흐르는 핏물로 천마서약서에 마지막 글귀를 적어 넣은 황천악의 눈가에 핏줄이 섰다. 이 상태라면 얼마 지나지 않아 죽는다. 하나 버티면, 버틴다면 살 수 있다. 아직 그에게는 희망이 있었다.

"마노오!"

시간이 지나고, 그의 원한이 담긴 목소리가 주변을 울렸다. 천마서약서를 떨게 만들었다. 그런 그의 눈앞에 검은 벼락이 내리친 것도 순식간이었다.

쿠르릉—!

어두운 기운을 몸 전체에 휘감은 채 부릅뜬 두 눈으로 나타난 마노가 황천악을 내려다보았다.

"오, 오오. 마노!"

황천악이 감탄의 시선을 흘렸다.

결국 늦지 않았다.

괴로웠지만 죽기 전에 마노가 도착한 것이다.

뛰어난 의술에 다양한 마공과 사술까지 익힌 그라면 살려줄 것이다. 그의 마지막 소원을 이룰 수 있을 것이다.

"어, 어서 날 살려 주시오."

"살려 달라고?"

마노의 서늘한 음성에서 희망을 느낀 황천악이 고개를 주억였다.

"그래, 천마서약서의 마지막 계약이오. 나를 살려 주기만 한다면……."

"시끄러워."

안 그래도 구겨진 황천악의 인상이 더욱 찌푸려졌다. 그래도 살아남기만 하면 된다.

'살아남기만 하면!'

그의 눈에 불타오르는 욕망을 본 마노의 입가로 웃음이 번졌다.

"재미있는 이야기 하나 해 줄까?"

"시, 시간이 없소. 어, 어서……."

"조급해하지 말고 들어봐. 언제나 느끼지만 말이지. 인간의 욕망이란 결국 스스로를 망치더군. 그걸 깨닫는 순간은 죽음의 때뿐이고."

"마노오! 천마서약서의 계약이……!"

"이거?"

또다시 시작되려는 폭발의 조짐을 느끼며 웃음을 보인 마노가 바닥에 떨어진 황천악의 천마서약서를 들어 올린다.

천마서약서의 효능은 강력하다.

마노조차도 끝내 떨치지 못하고 이 자리를 다시 찾아와야 할 만큼 말이다.

하지만 그것도 천마서약서가 존재할 때의 이야기.

"애초에 이 천마서약서를 만든 사람이 누군 줄 알아?"

"마, 마노……."

"맞아. 바로 나야."

화르륵—!

천마서약서가 마노의 손에서 검은 불길에 휩싸여 사라졌다. 그 모습을 놀란 눈으로 바라보던 황천악의 손이 힘없이 떨어지기 시작했다.

"천마서약서는 절대 타지 않고, 사라지지도 않는다고 알고 있었지? 그것도 맞아. 내 손에 잡히는 것만 아니라면 분명 그렇게 될 테니까."

"마, 마노오……."

"그만 불러. 정 들지도 모르니까. 흐흐. 그동안 제법 수고 많았다. 그러니 이만 죽어라."

퍼벅—!

마노의 두 주먹이 황천악의 머리를 무른 두부처럼 순식간에 으깨어 버렸다.

허망한 그의 죽음을 혀를 차며 바라보던 마노가 다시금

몸을 일으켰다.

"그러면 이제 어떻게 할까. 다시 그 임시 무림맹인지 뭔지를 먼저 정리해 볼까? 아니면……."

마노의 시선이 저 먼 곳을 향한다.

그도 느끼고 있을까? 자신이 더욱 강해진 것을? 알고 있을까? 한데 왜 숨지 않을까. 저리도 스스로를 드러내고 있을까. 알 수가 없다. 때문에 아직도 두렵다. 분명 죽을 수 없는 몸이 되었음에도 불구하고 말이다. 심지어 그가 느끼고 있는 기운이 조금씩 가까이 다가오고 있는 것 같은 기분도 들었다.

"제길."

불안하고 초조하다.

이 감정을 떨쳐내기 위해서라도 더 강해져야 한다.

'가서 다 잡아먹을까?'

흡정마공을 이용해 황천악의 시신에 남은 내력마저 집어삼킨 마노는 곧 고개를 내저었다.

이로써 분명해졌다.

내력은 충분하다 못해 넘쳤다.

더 이상은 의미가 없을 정도로 무한하다.

필요한 힘은 내력이 아니었다.

더 강한 마공!

압도적인 무적의 힘!

죽음조차 뛰어넘은 그마저 죽일 수 있는 무언가가 필요했다.

흔들리는 마음을 다잡은 마노가 제자리에 가부좌를 틀고 앉았다.

이후 그가 상상 속으로만 생각해 왔던, 하나 필요가 없기에 한 번도 시도하지 않았던 작업을 시작했다.

백마공을 하나로 만든다.

워낙 시간이 들고 초조한 작업이기에 여태껏 미루어 두었지만 그를 완성해야 한다는 강박관념이 그의 마음을 사로잡았다. 그리고 이해할 수 없는 그 관념은 언제나 마노를 최고로 이끌어왔다.

'참자, 참고, 또 참아서 승리하는 거야.'

스스로를 다스리고 달래며 심마마저 집어삼킨 마노의 숨이 조금씩 가지런해져 갔다.

백마(百魔)가 하나가 되어 갔다.

第八章

악연의 끝

한번 쏟아진 격류는 멈출 줄 모르고 휩쓸린 모든 것을 쓸고 지나간다. 임시 무림맹 역시 마찬가지였다. 그들은 백린교, 정확하게 말하자면 마노라는 격류에 휩쓸려고, 그 사이에 걸려든 모든 것을 잃었다. 건물이 무너지고 지형이 뒤집혔다. 비싼 돈을 들이고 귀하게 구한 장식품들도 모두 사라졌다. 하나 그중에서 가장 안타까운 것은 역시 사람이다.

"……."

목내이가 된 채 시체처럼 누워 천장만 바라보는 북궁단청. 그를 내려다보는 북궁소의 시선이 떨린다.

"이렇게 될 거였나요? 고작 이런 식으로?"

그 목소리에 반응한 듯 북궁단청의 시선이 북궁소에게로 향한다.

"……."

돌아오는 대답은 없었다.

눈빛에 담긴 감정을 알기도 힘들었다.

제갈우현은 그가 살아 있음이, 의식이 남아 있다는 사실이 기적이라고 하였다. 단순한 의지력을 벗어난 무언가가 그를 붙잡고 있다고밖에 볼 수 없는 상황이었다.

"어울리긴 하네요. 욕심 많고, 죄 많았던 사람다워 보여요."

"……."

"물어도 대답할 순 없겠지만, 묻고 싶네요. 왜 그러셨나요?"

"……."

"대체 왜……."

질문하는 북궁소의 목소리가 떨린다.

아직도 눈을 감으면 그날이 떠오르고는 했다.

불타오르는 집 속에 비명을 지르는 여인, 어린 남자아이.

그들을 향해 검을 휘두르는 자신.

파육음(破肉音).

비명.

흐르는 피.

그게 고작 열 살이었다.

귀한 집안에서 태어나, 유복하게 자란 그녀는 그렇게 열 살 때 첫 살인을 했다.

"당신이 시킨 일이었어요. 당신이 나한테…… 어머니를 죽이라고 시켰어. 동생을 베라고 했잖아."

두 주먹을 움켜쥔 북궁소의 몸이 떨린다.

어린 나이의 첫 살인이었다.

그 대상은 따뜻하게 웃어주던 어머니였고, 조금 짓궂은 동생이었다. 시킨다고 죽이냐고? 맞는 말이었다. 그러나 그녀 역시 정상이 아니었다. 미친 것이 분명했다. 눈이 멀었고 아무것도 보지도 듣지도 않은 채 시키는 대로 검을 휘둘렀다.

결국 남은 기억은 살인에 대한 흔적뿐. 그날에 정확히 어떠한 일이 벌어졌는지도 떠오르지 않는다.

"왜…… 왜 죽이라고 한 거예요. 왜?"

죽이고 싶지 않았다.

이렇게 끔찍한 기억을 품고 살아가고 싶지 않았다.

만약 누군가 죽어야 했다면, 그때 죽었어야 할 것은 자신이었다. 그렇게 생각하고 살았기에, 언제나 사지를 걸었다. 죽은 사람이라는 아버지의 말마따나 정말 죽을 듯이 강해졌고 싸웠다. 하지만 그녀는 모든 죽음을 피해 갔고, 결국 이 자리에 섰다. 하나 정작 그녀의 앞에서 당당히 서 있어야 할 오만한 인물은 제대로 된 표정 하나 짓지 못한 채 죽어 가고 있었다.

세상이 내린 천벌일까?

참으로 모순적이다.

만약 그렇다면 이 자리에 누워 있어야 하는 인물은 그 혼자만이 아니었다.

"당신이 시키는 대로 모두 죽였어. 내 어머니, 내 형제, 내 친인척들 대부분을 내 손으로 죽였다고. 모두 끊었어."

악다문 분홍빛 입술 사이로 붉은 핏물이 흘렀다.

몇 번을 물어도 돌아오는 대답은 없다.

들려줄 사람이 없다.

그런 그녀를 향해 북궁단청의 표정이 미세하게 변화했다.

"웃……는 거야?"

자세히 보지 않는다면 알기 힘들 정도지만 분명 그랬다.

북궁단청은 웃고 있었다.

무겁게 움직이는 입술은 무언가를 속에서 내뱉으려는 듯하지만 결국 끝까지 나오지는 않는다. 결국 모든 것을 말하지 못한 북궁단청이 아쉽다는 듯 눈을 감았다. 그를 한참이나 싸늘한 시선으로 내려다보던 북궁소는 고개를 돌렸다.

"평생 원망할 거야."

그리고 평생 저주할 것이다.

다른 듯 결국 닮은 두 사람이 등을 돌리는 순간이었다.

"정말 진실을 알고 싶으십니까?"

"……!?"

등 뒤에서 들려온 목소리에 북궁소가 놀란 표정으로 고개를 돌렸다. 그곳에는 어둠 속에서 기어 나오는 괴이한 노인이 있었다. 낡은 거죽을 얼굴부터 발끝까지 뒤집어쓴 그의 시선이 북궁단청을 향한다.

"정말 모든 것을 이야기해도 됩니까?"

북궁단청은 여전히 말을 하지 않았다.

다만 웃어 보였을 뿐이다.

그것으로 끝이었다.

노인은 더 이상 북궁단청을 바라보지 않았다.

대신하여 북궁소를 향하여 눈을 빛내며 물었다.

"정말…… 진실을 알고 싶으십니까?"

"당신은 누구야?"

"어둠에 먹혀 사는 자. 삼천갑자의 영원에 묶여 세계를 기어 다니는 이. 아, 혹자는 또 그렇게도 부르더군요."

"천년자(千年者)."

북궁소의 얼굴이 굳었다.

그녀가 검후의 무덤에서 얻은 것은 무공뿐만이 아니었다. 무림의 역사 아니, 어쩌면 천하의 시초일지도 모를 비밀의 일부를 그곳에서 엿보았다. 천년자는 놀란 얼굴의 북궁소를 보며 웃었다.

"반갑습니다. 검후의 연자여. 오늘 밤 우리가 해야 될 이야기는 참 많을 것 같습니다그려."

*　　*　　*

하루가 길었듯, 밤 역시 길었다.

한 번 지나간 격류가 다시 돌아올까 뜬눈으로 밤을 새운 이가 대다수였다.

다음날 낮이 되고, 또 밤이 되어도 그러한 시간은 계속되었다. 참으로 지루한 나날이 지나고, 돌아오지 않는 격류에 안도한 몇몇 이들의 눈에 눈물이 고였다. 아직도 믿기지 않는 그날의 재앙이 앗아간 것들이 그제야 눈에 들어온 것이다.

소리 없는 울음이 이곳저곳에서 미약하게 비출 무렵.

"아이고!"

땅이 꺼질 듯 울려 퍼진 누군가의 목소리가 시작이었다.

어둠이 내려앉은 임시 무림맹 건물 내부 이곳저곳에서 커다란 울음소리가 터져 나왔다. 마치 세상의 모든 슬픔이 한 자리에 모여 춤을 추는 것만 같은 풍경이었다.

"절망적이군요."

그 모습을 안타까운 빛으로 바라보는 녹안이 흔들린다. 입에서는 깊은 한숨이 연거푸 흘러나왔다.

"생각대로만 되는 게 몇 없지?"

제갈우현의 뒤편으로 다가온 파산노사가 쓴웃음을 지은 채 말을 건다.

"그러게 말입니다. 무엇 하나 뜻대로 되는 바가 없네요."

"상대가 그 마노니까."

파산노사의 말에 인상을 찌푸린 제갈우현이 하늘을 바라본다.

"대체 무슨 생각인지……."

"천하의 제갈우현이 모르는데 나라고 알 수가 있겠느냐?"

"왜 모르십니까? 익주의 스승 아니십니까, 익주의 스승."

"그것도 네가 지어준 별명이지. 이 얼마나 살아왔는지도 모를 괴물아."

"거 듣는 사람 섭섭하게 괴물이라니요."

"섭섭하라고 한 소리 맞다."

얼굴을 마주한 두 사람의 눈가가 옅게나마 호선을 그렸

다.

“굉언 대사가 죽었다며?”

“안 그래도 그것 때문에 난리입니다. 대룡문주가 반 폐인이 된 것은 아무렇지도 않을 정도로요.”

대룡문주는 대단한 효웅이었다. 천하오패 중 제일이라는 대룡문을 한 손에 쥐고 주무른 절대적 지배자. 사실상 그가 없는 대룡문은 더 이상 같은 이름을 쓰는 것이 어려울 정도라고 보아도 무방했다.

압도적인 위엄과 강력한 힘, 심계를 가진 그가 분명 천하제일을 자처하기에 부족함이 없는 인물이었음을 부정할 수 있는 이는 누구도 없다. 하나 그의 소식을 슬퍼하고 추모할 이들을 뽑자면 글쎄. 물론 대룡문 내에서는 제법 소란스러울 것이다. 새로운 문주도 뽑아야 하고, 북궁단청을 그렇게 만든 마노를 원수로 지정해 검을 뽑아야 한다. 누군가는 거짓 슬픔을 자아내 눈물을 쏟을 터였다. 하나 딱 그 정도다. 천하가 대룡문주의 상태에 놀라고 임시 무림맹의 소식에 경악하겠지만 그를 위해 진심으로 눈물을 흘리고 마음을 저밀 사람은 손가락에 꼽을 수밖에 없다. 오히려 그의 죽음을 기꺼워할 이들도 많았다.

그것이 효웅이 될 만큼 악착같이 살아온 남자의 마지막이다. 결국 욕심이란 어둠이 덮인 그의 두 눈은 모두에게 공포와 불안만을 남겼을 뿐이다.
굉언 대사는 달랐다.
따지자면 그를 아는 인물은 천하 전체를 뒤져도 몇 되지 않았다. 소림이라는 이름을 등에 업을 수 있음에도 불구하고 스스로 양(陽)이 되기보다 음(陰)에 숨기를 바란 이. 어둠 속에서 그가 이룬 업적은 적지 않았다. 그가 보여준 용기와 정의는 감격을 전했다.
때문에 그를 아는 몇 없는 이들은 굉언 대사의 죽음에 진실 된 눈물을 쏟는다. 가슴을 저미며 땅을 두드린다.
"같은 죽음인데 슬픔의 무게가 다르다……. 역시 인생은 똑바로 살아야 되는 법이로구먼."
"정확하게 말하자면 대룡문주는 아직 죽은 건 아닙니다만."
"그쯤 되면 시체지 뭐. 말도 못 하고 눈만 빙글빙글 굴리고 있다며."
"끙……."
"앓는 소리만 내지 말고. 그래서, 이제 어쩔 건데? 모르겠다, 대책 없다는 소리와 비슷한 말만 빼고 다 해도 좋다."
"하고 싶은 말은 이미 본인이 다 하셨군요."
"장난칠 기분 아니야. 그 아이지? 정범이라고 했던가?"

"……."

답을 하지 않는 제갈우현의 입가가 묘하게 비틀린다.

"이놈 지금 웃으려고 했구먼. 웃으려고 했어. 예상대로야. 아마 그 아이가 네 진짜 안배겠지. 하긴 기이할 정도지. 아무리 무공의 천재라고는 해도 나이도 얼마 안 되고, 듣자하니 익힌 시간도 짧다더군. 그 녀석, 대체 뭐냐?"

"보셨지 않습니까? 그저 조금 특이하고 잘났으며 협의가 넘치는데 젊기까지 한 훌륭한 무림의 미래입니다."

"아니야. 그게 아니야. 너도 알 것 아니냐? 그 아이의 마음속에는 수라가 살고 있어. 아무리 감추려 해도 눈은 못 속이는 법이거든."

"그렇습니까?"

"아직까지는 잘 참고 있는 것 같아 보였지만 모르지. 또 언제 그 마음이 일어날지. 본인은 그 둘을 서로 다른 것처럼 나누어놓고 생각하는 듯하지만……."

파산노사가 고개를 내저었다.

나눈다 한들, 결국 한 사람이다.

그 사실을 본인이 깨닫게 된다면 어찌 될까? 혹은 밝은 쪽의 의식이 약해진다면? 긍정적인 결과를 불러온다면 좋겠지만 가정이란 늘 최악을 두어야 하는 법이었다.

"대책이라도 있는 거냐? 우선 그 말부터 들어보자."

"있어 보이시나요?"

"……."

"수라가 되었든, 악마가 되었든, 그게 중요한 게 아니지요. 누가 마노를 막을 것이냐."

제갈우현의 녹안이 차갑게 가라앉았다.

"누가 천하를 구할 것이냐. 이게 제일 중요한 겁니다."

조소를 지은 파산노사가 고개를 끄덕였다.

맞는 말이다.

범을 잡자고 늑대를 불러들이는 꼴일지 모르지만, 역시 범보다는 늑대가 낫다. 뒷일은 뒤에 생각할 일이었다. 오히려 문제라면 다른 곳에 있었다.

"늑대가 범을 잡을 거라 생각하는 게냐?"

정범의 가능성과 그의 재능은 눈부실 정도다.

수라를 품고 있다고 말하였지만 그조차도 긍정적으로 소화해낸다면 그 발전의 폭은 분명 범조차 위협할 터다. 하나 역시 아직 젊다. 젊은 늑대는 용맹하고 강하지만 사나운 범을 이길 수는 없는 노릇이었다.

"그는 평범한 늑대가 아니거든요."

"하이고, 천랑(天狼)이라도 되나 보지?"

우습다는 듯 말을 내뱉은 파산노사의 몸이 굳었다.

뛰어난 재능과 저도 모르게 늑대를 비유한 대화.

그리고 문득 튀어나온 이름.

"그 아이가…… 천랑성(天狼星)이었구나."

흔히들 무림에는 고수가 별처럼 많다고 한다. 따지고 보면 틀린 말이 아니었다. 실제로 무림에는 그러한 별의 운명을 가진 무인들이 다수 있었으니 말이다. 천랑성은 그중에서도 가장 특별하며 밝은 별이다. 만약 누군가가 천랑성의 운명을 타고났다면, 그는 분명 범을 잡을 수 있을 것이다.

"그래. 천살(天殺)을 타고난 범을 잡을 수 있는 늑대는 천랑뿐이지. 이제야 네놈 속셈을 조금은 알겠구나."

"기왕이면 늑대를 불러들이기 전에 잡고 싶었습니다만. 과욕이 화를 불렀습니다."

제갈우현의 시선이 폐허가 된 임시 무림맹 이곳저곳을 훑는다. 수많은 사람들이 그의 계획 아래 피를 흘리고 눈물을 쏟는다. 마음이 무겁지 않을 수가 없었다. 하나 제갈우현은 그래야만 했다. 누구의 말마따나 대를 위해 소는 희생되어야 할 때가 있는 법이다. 설령 그 작은 것이 제갈우현 본인이라 한들 말이다.

"어렵군요. 어려워."

"너무 혼자 마음에 담아 두려 하지 마라. 네가 아니었다면 누구도 하지 못했을 일이야."

"욕으로 들립니다만?"

"흘흘흘. 그나저나 본론은 끝났으니 다음 이야기로 돌아가 보자꾸나."

"다음 이야기요?"

"그래, 북궁소 그 아이. 진실을 알 때가 되지 않았나 싶은데……."

파산노사의 눈이 조심스럽게 제갈우현을 훑는다.

"뭐 상관없습니다만……."

"원망 받을 텐데?"

"많이 원망하겠죠."

"무서운 놈."

"그래도 어쩌겠습니까. 대를 위한 소의 희생. 누군가의 희생은 어디에나 필요한 법입니다. 그리고 하나 더."

"……?"

"진실은 이미 전해지고 있을 겁니다."

"설마…… 놈도 여기 있던 게냐?"

파산노사의 얼굴이 크게 일그러졌다.

그녀가 익주의 스승이며, 양지의 지보(知寶)라면 음지의 귀지(鬼知)를 가리키는 이는 따로 있다.

"예. 아마 지금쯤 만났을 것 같군요."

"더 원망 받겠구나."

"그는 가혹할 정도로 솔직하니까요."

제갈우현이 뒷짐을 졌다.

가혹할 정도의 솔직함.

지금 북궁소에게는 부드러운 거짓보다 분명 그러한 진실이 더 필요할 때였다.

*　*　*

때로는 거짓보다 가혹한 진실이 존재한다.

북궁소가 마주친 그날의 진상은 바로 그러한 축에 속했다. 천년자가 전해주는 이야기는 한 구절구절마다 머리가 아찔해질 정도의 충격을 전해 주었다. 믿고 싶지 않았다. 차라리 모르는 편이 나았을 이야기들뿐이었다.

"그럴 리가 없어. 어머니가…… 마신교의 교령(敎令)이라니……."

"제가 거짓을 말할 이유는 없습니다."

"있지. 있을 거야. 당신이 그의 수족(手足)이라면 충분히 말이 되지."

북궁소가 검을 뽑았다.

차가운 냉기를 품은 검이 몸을 반쯤 굽힌 천년자의 머리 위에 닿았다.

"그가 이렇게 말하라고 시키던가? 그날의 진실 속에 또 다른 거짓을 더하라고?"

"아쉽습니다만 검후의 연자여. 제가 대룡문주와 인연이 있는 것은 사실입니다. 하나 그의 뜻을 따라야만 하는 입장도 아니지요."

"그런데 왜 그가 만든 거짓된 진실을 전하는 거지?"

"다시 말해, 저는 거짓을 말할 이유가 없습니다."

"어머니가 마신교의 교령이었고, 나는 제물에 불과했다는 그 말이 진실이라고?"

"예. 맞습니다. 마신교를 다시 일으키기 위해서는 교주의 부활이 우선시될 수밖에 없으니까요."

"헛소리."

"말은 그렇게 했지만 죽은 교주를 되살리는 방법은 없습니다. 다만 그와 같은 영혼을 가지고 환생한 이를 이끌 수는 있죠. 그저 우연이었을 뿐입니다. 마침 그녀의 배에서 나온 두 자식 중 하나가 교주의 환생이었던 것은, 정말 지독한 우연이지요."

"그만해."

"그녀는 욕심이 났습니다. 마신교는 부활하고, 자신의 아들이 교주가 된다. 한낮 교령에 불과했던 그녀의 신분이 단숨에 날아오를 수 있는 기회이지요. 마침 눈에 뜨인 딸이 제법 뛰어난 무재를 가지고 있는 것 역시 우연이었습니다."

"그만!"

"심지어 그 딸의 운명에 있어선 안 되는 자미(紫微)가 엿보이니, 이는 역천(逆天)의 상징이라. 그녀는 생각했습니다. 저 피를 교주에게 전이(轉移)시킨다면 부활한 마신교가 하늘을 덮을 위세와 영광을 가질 터니, 그야말로 만년제국의 시초라."

"그마안!"

북궁소가 비명을 내지르듯 외쳤다.

하나 천년자의 목소리는 흔들림 없이, 끊임없이 이어졌다.

"제물이다. 산 제물. 나의 왕 아니, 황제를 위한 가엾은 내 딸. 소중하게 대해야지. 따뜻하게 안아주어야 해."

북궁소의 눈앞에 태양처럼 환하게 웃던 어머니의 얼굴이 떠올랐다. 품에 안은 자신의 머리를 쓰다듬으며 누구보다 소중한 내 아이라고 속삭이던 그 사랑을 기억한다.

"천년자!"

후웅—!

검이 휘둘러졌다.

하나 다가오는 두려운 진실을 베기 위한 검은 힘없이 허공을 가를 뿐이다. 어둠 속에 녹아들어 그런 북궁소의 검을 피한 천년자가 조소를 흘렸다.

"북궁단청은 그런 그녀를 진심으로 사랑했어. 때문에 진실을 알았을 때에 누구보다 큰 충격을 받았지. 자신이 선택한 여인이, 그런 추악한 사람이라니. 내 아들이 세상에 누가 될 악마라니!"

"어머니는…… 천아는!"

"욕심쟁이 마녀. 북궁단청은 화가 났어. 욕망에 취한 자신에게 너무나 어울리는 짝이지만, 곁에 두어선 안 될 사람이었거든."

"으아아아—!"

북궁소의 내력이 천년자와 단둘만 남은 막사를 마구잡이로 뒤흔들었다.

내력을 통해 형상화된 투명한 검은 대지를 가르며 거칠게 휘둘러진다. 하나 무엇도 천년자의 몸에는 닿지 않는다. 저주와 같은 속박을 등에 진 그는 죽고 싶어도 죽을 수 없는 몸이었다.

"고민이 깊은 그에게, 녹안을 가진 천재가 찾아왔어."

제갈우현!

그를 읊을 때 천년자의 음성이 처음으로 흔들렸다. 하나 워낙 미약한 변화였고, 지금의 북궁소는 그를 신경 쓸 겨를이 없었다.

"그녀를 그냥 잡으려 한다면 영원히 쫓을 수 없는 수렁에 몸을 숨길 겁니다. 그러면 어떻게 해야 하지? 천재가 말했고, 북궁단청이 물었어. 웃음을 흘린 천재가 말했지."

답은 간단했다.

"그녀가 가장 아끼는 검을 사용하면 됩니다."

"나는, 나는 검이 아니야!"

베어도 벨 수 없다.

쫓아도 쫓을 수 없다.

하나 목소리는 마치 악몽처럼 그녀의 뒤를 따라붙는다. 거친 숨을 내뱉는 북궁소가 고개를 내저으며 외쳤다.

"좋은 생각이야. 이제 그 아이도 대룡문을 위해 일할 때가 됐지. 북궁단청은 무겁게 말했어."

잊혔던 그 날의 기억이 북궁소의 뇌리에 점점 더 선명해지기 시작했다.

중압감이 느껴지는 얼굴로 그를 내려다보던 북궁단청.

그 옆에 선 녹발 녹안의 청년.

"네 어머니를 죽여라."

"싫어. 죽이기 싫어. 엄마를 왜?"

기억을 더듬어 나가는 북궁소의 대답에 천년자의 입가로 웃음이 떠올랐다.

"네가 해야 할 일이니까."

"무슨 말인지 하나도 모르겠어."

"몰라도 된다. 다만 대룡문에 태어난 이상 네 몫은 할 줄 알아야겠지."

가까이 다가온 것은 북궁단청이 아니었다.

녹발에 녹안, 조금은 미안한 눈빛을 띠고 있는 그의 손이 북궁소의 머리를 어루만졌다.

"하, 하지 마!"

동시에 그녀의 눈앞에 끔찍한 풍경이 펼쳐졌다.

시체로 쌓은 탑과 그 정상에 앉은 어머니, 어머니, 어머니. 죽은 북궁소를 의자 삼은 채 앉아 웃고 있는 어머니! 그 품에 안긴 사랑스러운 동생은 행복한 표정을 짓고 있다.

"아니야. 이러지 마. 흑흑."

북궁소가 제자리에서 무너졌다.

그녀는 더 이상 기억이 떠오르는 것을 부정했다.

하나 한번 열린 비밀의 문은 닫힐 줄을 모른다.

몽롱한 시선 속에 피가 튀었다.

파육음이 들리고 비명 소리가 귀를 찌른다. 경악의 눈동자는 믿을 수 없는 감정을 담은 채 그녀를 내려다본다. 마음이 식은 북궁소는 무언가에 홀린 것처럼 한 자루 검이 되었다. 차가운 표정의 북궁단청이 그런 북궁소를 품에 안아 든다.

"잘했다. 넌 훌륭한 검이야."

나직한 천년자의 목소리가 몽롱한 그녀의 정신을 크게 휘저었다.

털썩.

제자리에 무너지듯 쓰러진 북궁소가 눈앞의 천년자를 바라본다. 모든 것이 기억났다. 더 이상 의문은 필요하지 않았다. 그가 옳았다. 천년자는 단 한 번도 거짓을 말하지 않았다.

"내가 본 풍경은 단순한 환상이 아니었지?"

"일어날 수 있는 미래의 가능성 중 하나였음은 분명하지요."

"그 일이 일어나지 않았을 확률은?"

"……."

천년자는 답하지 않았다.

단지 북궁소를 바라보며 환한 미소를 보였을 뿐이었다.

"난 아무래도 평생 당신을 좋아할 수는 없을 것 같아."

"그 역시 같은 말을 했었지요."

"아버지를 용서할 수도 없을 테고."

모든 진실의 조각을 얻었지만 마음은 변하지 않는다.

어찌 되었든 북궁단청은 북궁소가 산 사람이 아닌 한 자루 죽은 검이 되기를 바랐다. 이유는 알 수 없었다. 그가 평범한 사람이 아니라서? 욕망이 가득한 악마라? 어쩌면, 제가 시킨 일을 훌륭히 해내는 딸을 보며 분노했을지도 모른다. 사랑하는 여인의 죽음 앞에 눈물을 쏟지는 못했지만 앙금은 남겨두었다. 그렇다면 그녀를 닮은 북궁소가 살아가는 모습은 제법 보기 괴로웠을 터였다.

"안쓰러울지도 모르겠어."

"북궁단청이요?"

"그럴 리가. 내가."

검을 지지대 삼아 휘청거리며 몸을 일으킨 북궁소의 시선이 저 먼 곳을 향했다.

"당신이 말한 천재. 제갈 군사지?"

"……."

"난 아마 그 역시 용서할 수 없을 거야."

따지자면 제갈우현이 한 일은 미래에 일어날 모습을 보여준 것뿐이다. 하지만 원망한다. 보지 않았다면 알지 않았을 테니까.

"하지만 그 누구보다 용서하지 못할 사람은…… 역시 나겠지."

진실이 충격적이었다 하여도, 고작 열두 살의 소녀가 검을 휘둘러 제 어미를 찔렀다.

제정신이 아니었으니 그럴 수도 있다는 변명은 통하지 않는다.

물론 충격이 크기는 했다.

하나 정말 무언가에 홀려 어머니와 동생을 죽인 것은 아니었다.

단지, 당시 어린 북궁소는 무서웠다. 두려웠을 뿐이다.

죽고 싶지 않다는 공포가 검을 들게 만들었다.

"난…… 최악이네."

등을 돌린 북궁소가 검을 지팡이 삼아 비틀거리는 걸음으로 어딘가를 향해 걸어간다. 묵묵한 시선으로 그 방향을 지켜보던 천년자가 묘한 미소를 그렸다.

"검후를 닮아서 그런가? 강하군."

그 사실이 싫지만은 않다.

"썩, 마음에 드네."

어둠 속으로 녹아든 천년자가 웃음을 흘리며 멀어지는 북궁소의 그림자를 따랐다.

*　　*　　*

시작은 여섯이었다.

느린 걸음은 일백을 만들었고, 달리기 시작할 쯤에는 천이 되었다. 스스로를 백린교의 소교주, 교주의 적통(嫡統)이라고 말하던 젊은 무인의 목을 베었을 때에는 어느덧 그의 뒤에 피에 젖은 일만 무인이 서 있었다.

"우와아—!"

아직까지도 열기가 식지 않은 백린교 소교주의 목을 차가운 시선으로 바라보는 정범을 향해 장대비를 닮은 환호성이 쏟아졌다.

"나쁘지 않군."

혼잣말로 작게 읊조린 정범이 손을 들어 그런 그들의 환호성을 막았다. 그러자 거짓말처럼 천지를 떠들썩하게 만들던 목소리가 순식간에 사라진다. 정범은 그런 그들을 내려다보았다. 동경과 선망이 가득한 시선의 정점에 서 스스로를 돌이켜 본다.

'이런 것을 얻자고 시작한 건 아니지?'

나쁘지 않은 기분이지만, 이 역시 과정일 뿐이다.

애송이에 불과한 백린교 소교주와의 싸움 역시 중간부터는 목적이 아닌 과정이 되었다.

'찾고 있던 머리는 제 스스로 모습을 드러냈다.'

임시 무림맹과의 싸움에 백린교주가 모습을 나타냈다. 본래 예정대로라면 정범은 그쪽으로 합류했어야 함이 옳다. 하나 고향인 익주를 지키겠다며, 구하겠다며 익주에서의 걸음을 끊임없이 이끌었다. 시선을 몰고 사람들을 구했다. 그렇게 만든 명성을 따라 모여든 사람들을 단련시키고 거대한 전투의 수렁에 밀어 넣기까지 하였다. 물론 희생도 있었다. 죽음과 슬픔도 만연했다. 하나 그만큼이나 강해졌다.

정범이 익주에서 이루고자 하였던 모든 일이 완성되었다.

하나 역시 이조차도 과정일 뿐이다.

'마노가 더 강해졌군.'

눈을 감으면 멀리서도 느껴진다.

마노가 더욱 강해졌다. 완전체가 되었다고 느꼈는데, 그 벽마저 무너트렸다. 심지어 그 다음의 벽을 또 한 번 깨고 새로이 태어나려 하고 있다. 시간이 흐를수록 더 강해지는 마노는, 지금의 정범으로서는 넘볼 수조차 없는 존재였다.

그래서 이 일만 무인을 만들었다.

자신만 믿고 따르며 목숨을 도외시할 수 있는 광신도와 같은 이들.

이런 사람들이 모여 있을수록 더욱 많은 소문이 날 것이다. 시선은 더욱 몰리고 사람들이 더 늘어난다. 그 수가 일만을 넘어 십만이 된다면 정범에게는 큰 힘이 생긴다고 볼 수 있었다.

'모두 한 입에 집어삼키는 거야.'

악을 뛰어넘으려면, 더 거대한 악이 되어야 한다.

십만이나 되는 무인에게 한꺼번에 흡정마공을 사용한다

면 어떻게 될까? 물론 내력은 폭발할 듯 많아지겠지. 하나 그것만으로는 마노를 이길 수 없을 것이다. 늘어난 내력은 어디까지나 발판이다. 그를 통해 정범 역시 탈태를 준비하는 것이다. 백린교의 소교주를 죽여, 익주의 영웅이 된 일은 그런 상황에 있어 매우 유의미했다. 이제는 다른 성으로 넘어가서 비슷한 활약을 할 때마다 사람이 몰릴 것이다.

목표했던 십만에 점점 가까워지고 있는 셈이었다.

'해야만 한다. 내가, 해야 해.'

고작 십만의 희생으로 백만, 천만도 더 넘는 사람들을 지킬 수 있다면 정범은 분명히 그리할 터였다. 하니 이런 시선에 마음이 동요되어선 안 된다. 그의 빛은 죽었다. 남은 것은 시커먼 어둠뿐.

그러니 계속해서 계획을 밀고 나가야 한다.

일만이 아닌 십만이 될 때까지 그저 믿고 따라오라며 그들을 이끈 후 한 번에 집어 삼킨다.

굳이 거짓을 보일 필요는 없었다.

따라오라는 말.

모두가 기대하고 있는 그 짧은 말이면 충분하다.

"모두, 끝까지 나와 싸우자."

짧은 말을 하며 등을 돌린 정범의 표정이 와락 일그러졌다.

"우와아아—!"

"익주의 영웅!"

"비천검 대협 만세!"

"아수라 만세!"

또 다시 환호성이 쏟아졌다.

그들의 목소리에 실린 환희와 빛이 그의 어깨를 무겁게 짓누른다. 너무나 버겁다. 고작 일만도 이런데 십만을 버틸 수 있을까? 주먹을 움켜쥔 정범의 두 눈에 핏발이 일어났다.

"전혀 기뻐 보이지 않는군."

그런 정범을 향해 다가온 혈독수가 말했다.

"기뻐할 수 없으니까."

"왜? 저들이 단순한 희생양이라서?"

"……."

"더 물어볼 필요도 없겠군."

"죽여버리겠다."

"죽일 수 있으면 얼마든지."

정범의 손이 매섭게 뻗어져 단숨에 혈독수의 목을 움켜쥔다.

"정말 죽일 수도 있어. 굳이 저들만이 희생양은 아니니까."

창백한 얼굴의 혈독수가 그런 정범을 내려다보며 조소를 보였다.

"크, 죽이라니까. 왜, 중간중간 보면 흡정마공을 사용하는 것도 같던데…… 내가 잘못 봤나? 나 정도 내력이면 제법 맛있을 텐데. 탐나지 않…… 끄으윽!"

혈독수의 목을 쥔 정범의 손에 더욱 힘이 들어갔다. 핏줄은 팔뚝을 넘어 이마까지 치솟아 올랐다.

'죽인다.'

죽이면 된다.

진실을 눈치챈 혈독수는 죽어야 한다.

그의 말마따나 흡정마공을 이용한다면 흔적조차 남기지 않고 깔끔히 죽일 수 있다.

"흐…… 흐흐…… 못하겠지?"

"아니. 나는……."

"변한 것 같지만…… 변하지 않았지……. 결국 넌 너다. 정범!"

"나는……!"

정범이지만 정범이 아니다.

그가 나눈 어둠.

수라귀가 옳다.

하나 나누었다 함은 결국 하나가 아닐까?

아니지, 하나라면 빛이 죽은 순간 어둠조차 사라져야만 했다. 한데도 그는 살아 있었다. 빛은 잔재조차 보이지 않지만 어둠은 더욱 강렬하게 의식을 지배했다.

"분명 그럴진대…… 왜!"

죽일 수 없을까?

어째서 쥔 손의 힘은 점점 풀리는 것일까?

"쿨럭—!"

바닥으로 떨어져 헛기침을 하는 혈독수를 내려다보는 정범의 마음이 더욱 흔들렸다. 일그러진 표정은 더할 나위 없이 뭉개졌다.

"빌어먹을—!"

쾅—!

주먹을 휘둘러 거대한 바위를 일격에 박살 낸 정범의 신형이 사라졌다.

그런 정범이 사라진 자리를 바라보며, 제 목을 움켜쥔 혈독수가 힘겹게 말을 내뱉었다.

"이 정도면…… 되었소?"

누군가를 향해 하는 말일까?

대답을 돌려줄 정범은 없었다.

"충분합니다."

한데 대답이 돌아온다.

"수고하셨습니다."

괴로워하는 혈독수의 등 뒤로 어두운 신형이 다가와 그

의 어깨를 두드렸다.

*　　*　　*

그의 이상은 완벽했다.

악은 악으로 제압한다.

빛은 죽었고, 그렇게 할 수밖에 없다.

한데 어째서 망설이는가? 무엇이 그의 마음을 무겁게 만드는가? 마치 심마(心魔)가 찾아온 듯했다. 아무리 달리고 고개를 떨쳐 봐도 쫓아오는 지독한 심마다.

"하, 하하……."

숲길 한편에 선 거대한 나무에 등을 기댄 정범이 웃음을 흘렸다.

어둠으로 집어삼킨 그의 마음이 이미 마이거늘 또 다른 심마라니? 모순적인 말이다. 그래서 웃음이 나오고, 또한 영문을 알 수 없었다.

"난…… 누구지?"

자신을 돌이켜 보았다.

수많은 회생 끝에 돌아온 날부터, 무림에 뛰어들기까지. 그리고 그간의 여정. 둘로 나누었지만 결국 그는 언제나 하나였다.

말했다시피, 그가 곧 정범이니까.

'하나.'

한데 그중 반쪽이 사라졌다.

"그래, 반이 사라진 거야."

마노가 만들어낸 거대한 마수에게 잡아먹혀 허공으로 사라져버렸다. 근데 어째서 마음속에 또 다시 빛이 보인단 말인가? 이마를 짚고 고심하던 정범이 곧 고개를 들었다.

눈에서는 빛이 쏟아졌다.

"그렇군. 그런 거였어. 애초에 반이 사라졌지만, 내가 남았구나."

사라진 것보다 더욱 중요한 점은 남아 있다는 사실이었다. 또한 무엇으로 지칭하든 그가 정범이라는 것 역시 부정할 수 없었다.

'내가 남아 있으니 결국 나는 나로 돌아갈 수밖에 없는 거구나.'

어둠이 남아 빛을 다시 만든다.

애초에 그 빛과 어둠이 하나기 때문이다.

반대로 말하자면 빛만 남았다 한들 어둠은 다시 만들어질 것이다.

이 역시 같은 이유다.

결국 하나기 때문이다.

오로지 하나.

그 짧은 단어가 오래된 정범의 기억 하나를 끄집어낸다.

"태을합일…… 태을은 하나고, 그 속에 빛과 어둠 음양이 모두 하나다. 그러하여 하나의 길로 이어지니…… 곧장 표현해 만류귀종이로구나."

태을무경.

죽음을 눈앞에 둔 무연 진인이 선물했던 깨달음이다.

당시에는 그 깨달음의 깊이를 알지 못했다.

그저 겉핥기식으로 흉내를 냈을 뿐이다.

태을무경을 읊은 무연 진인 본인조차도 그저 알고만 있었을 뿐이라 하였으니, 당연한 일이었을지도 모른다. 그 오래된 기억이 이제 와서야 마음에 와 닿았다.

왜 둘로 나누었을까?

결국 하나일 수밖에 없는 것이다.

사람의 마음이란, 우주의 균형이란 그렇게 이루어져 있었다.

"그러니 곧 태을(太乙)이고 태극(太極)이로구나."

웃음이 절로 흘러나왔다.

그것은 깨달음이 가져다주는 환희이기도 했으며, 스스로를 향한 비웃음이기도 했다.

"나는 정말 하나만 알고 둘을 모르고 있었어."

빛을 인정하니 빛이 보인다.

어둠을 받아들이니 어둠 또한 손에 잡힌다.

애초에 둘로 나눈 것은 혼자만의 생각일 뿐이었다.

처음부터 하나였고, 앞으로도 영원히 하나다.

검은 눈동자에 밝은 빛을 담은 정범은 다시금 자신을 돌이켜보았다.

"나는 누구지?"

물을 것도 없었다.

그는 정범이었다.

처음부터 변한 것 하나 없던 한 사람!

"그러면 난 어째서 마노의 심검으로부터 벗어날 수 있던 걸까?"

정범의 질문에 답한 것은 몸에서 은은히 흘러나오기 시작한 황금빛이었다.

한동안 모습을 보이지 않던 그 빛이, 마치 처음부터 이때만을 기다려왔다는 듯 자신을 드러낸다.

"그렇구나. 애초부터 내 마음은 마(魔)에 잡아먹히지 않는 것이로구나."

우우웅—!

여래신공의 황금빛이 더욱 밝게 빛난다.

정범의 몸을 넘어서 나무가, 또 시간이 지나자 숲 전체가 황금빛을 발할 정도로 찬란한 빛이 되어버렸다.

*　　*　　*

"저 빛은……."

정범이 갑작스럽게 사라진 이후, 싸움의 정리를 하며 인근 노숙지에서 야영을 하던 일만 무인의 시선이 멀지 않은 숲에서 흘러나오는 황금빛을 바라본다. 태양을 닮은 그 찬란한 빛은 지켜보고 있으면 눈이 멀 것 같지만 그만큼 따뜻하기에 가까이 다가가고 싶은 신비한 힘이다. 그리고 그들 중 몇몇은 그 속에서 누군가의 얼굴을 떠올렸다.

"대주 맞지?"

장호의 다급한 물음에 조창과 조현이 힘차게 고개를 주억였다.

"맞습니다. 분명 대주입니다."

다른 듯하지만 같다.

알기 힘든 그들의 대주는 이번 역시 알 수 없는 일을 벌였지만, 분명 그 모습 그대로였다.

"저건 또 무슨……."

혈독수는 팔짱을 낀 채 경악한 표정으로 황금빛을 바라본다. 그가 한 일은 누군가의 제의였다. 따를 수밖에 없었고, 분명 어떠한 바람이 담겨 있기는 했다. 하나 벌어진 결과는 그의 예상을 아니, 상식을 아득히 벗어났다. 질문을 하자면 그런 것이다.

인간이 태양이 될 수 있는가?

당연한 말이지만 불가능하다.

날개를 펼칠 수도 없음은 물론, 설령 날아간다 하여도 태양 가까이에 닿기 전에 녹아내릴 수밖에 없는 운명이다. 한데 그의 눈앞에 태양이 번쩍이고 있었다. 뜨겁기보다 따뜻한, 그 찬란한 빛은 얼음 같던 혈독수의 마음마저 흔들었다.

"저게 진짜 대주라면…… 우리는 어쩌면 역사의 한 장면에 함께 서 있는지도 모르겠군."

전동이 그런 혈독수의 옆으로 다가와 웃음 짓는다.

이제는 알 것 같았다.

제 목숨 하나 귀하게 여기는 그가 대체 무엇에 홀려 미친 듯 정범을 좇았는지, 확신이 섰다.

"그는 처음부터 태양이었다. 단지 빛을 내는 방법을 몰랐을 뿐이지."

태양이 빛을 낼 수 있는 것은 어둠을 알기 때문이다. 그를 품기 때문이다. 어둠과 하나가 된 빛이야말로 진정으로 가장 빛나게 된다. 자신의 어둠을 알듯, 다른 사람의 검은 그림자마저 품는 따뜻함을 가졌기에 사람들은 그를 영웅이라 부른다. 결국 정범의 말이 옳았다. 어둠으로 스스로를 둘러싼 혈독수였지만, 그의 마음속에도 빛이 있었다. 희망을 바랐다. 그래서 무언가에 홀린 듯 계속해서 정범을 좇았을 테다.

"결국 당신이 이겼군요."

혈독수의 입가로 짧은 미소가 번졌다.

* * *

그로부터 보름의 시간이 더 흐른 후, 대륙 반대편에서 비슷한 현상이 벌어졌다. 개화하듯 봉우리를 펼친 어둠이 세상을 뒤덮었다.

눈앞이 컴컴해졌다.

심적인 표현이 아니었다.

눈을 감은 것도 아니었고, 단순히 실제로 그러했다.

임시 무림맹의 거처에서 휴식을 취하고 있던 무인들 모두가 같은 현상을 겪었다.

한순간 세상이 어두워졌다.

시린 냉기를 품은 그 어둠은 일각이 넘는 시간 동안 그들을 공포에 밀어 넣었다. 저도 모르게 몸을 움츠리게끔 하였다.

"노, 놈이 다시 온다."

그 기운 속에서 절망과도 같던 마노의 얼굴을 떠올린 누군가의 말은 굳이 입 밖으로 내지 않아도 모두가 생각하고 있던 것이었다. 두려움에 도망가고 싶었지만 발걸음이 떼어지지 않았다. 어디로 간다 한들 이 어둠은 벗어날 수 없으리라. 시리도록 차가운 어둠이 귓가에 속삭이고 있었다.

악몽 같던 일각이 지나고, 어둠이 걷혔다.

사람들은 죽음을 떠올리며 몸을 움츠렸다.

허공으로 떠오른 검은 먹구름은 그들의 머리 위를 뒤덮는다.

꽈광—!

동시에 검은 벼락이 임시 무림맹 전각 하나를 통째로 날려버렸다.

그가 왔다.

어둠의 극(極)에 선 존재가 다시 돌아왔다.

"다시 만나 반갑구나. 하늘로부터 버려진 어리석은 종들아!"

손짓도 없었다.

눈짓마저도 없었다.

단지 그가 몰고 온 검은 먹구름에서 떨어진 벼락이 처참하게 지면을 때렸다. 사람을 불태우고, 건물을 무너트렸다.

꾸르릉—!

하늘이 울고, 대지가 떨었다.

살인이 아니었다.

그저 파괴에 불과한 행각이 눈 깜짝할 사이에 벌어졌다. 수십이 넘는, 수백의 사람이 시체조차 남기지 못한 채 검은 재가 되어 허공에 흩날린다. 비명조차 남지 않았다. 슬픔이 터져 나올 새도 없었다. 사람들은 이미 시체가 된 듯 넋이 나간 표정으로 다가온 죽음을 올려다보고 있었다.

"무량수불! 태상노군의 가호가 있으라!"

검을 뽑아든 무연 진인이 그러한 죽음을 향해 달려들었다. 우윳빛 강기가 쏟아져 나오는 그의 검에는 신묘한 지혜와 힘이 담겨 있다. 마를 정화하는 순수함마저 함께였다.

"귀찮게 굴기는."

웃음을 보인 마노가 손짓을 한 번 휘둘렀다.

팡—!

공기가 터져나갔다.

"크아악—!"

이윽고 비명과 함께 무연 진인의 신형이 지면으로 추락했다.

꾸르릉—!

무너진 건물 벽 사이에 파묻힌 무연 진인의 몸은 더 이상 움직이질 않았다.

그 틈새, 마노의 등 뒤로 작은 신형의 영 노야가 솟아났다. 주변으로 푸른 검을 가득 띄운 그의 눈이 빛을 발했다.

"집어 삼켜라."

그 명에 따라 수십의 검이 마노의 마음을 갈기갈기 찢기 위해 달려들었다.

그리고 닿았다.

명확하게 마노의 왼쪽 가슴에 닿고, 허망하게 부러져버린다.

녹아서 사라진다.

"……!"

자신의 전력을 다한 심검이 인간의 피륙조차 뚫지 못한 채 허망하게 스러져 가는 것을 확인한 영 노야의 눈앞으로 마노의 환한 웃음이 다가왔다.

"짠. 당한 줄 알았지?"

마노의 두 주먹이 망치처럼 영 노야의 복부를 때렸다.

쾅—!

"……!"

비명 한 줄기 남기지 못한 영 노야의 신형이 지면 깊숙이 박혀들었다. 동시에 이곳저곳에서 솟구친 세 절대고수들의 연격이 이어졌다. 죽이지 못하면 죽는다. 그들은 다른 이들처럼 정신을 놓고만 있을 수 없었다.

"개미들의 발악이로구나."

마노의 눈짓이 정면을 향했다.

꽈르릉—!

동시에 검은 벼락이 이곳저곳에서 덤벼들던 절대고수들의 몸에 연달아 내리꽂혔다.

"끄아아악—!"

비명을 내지르던 그들의 신형이 검은 재가 되어 흩어진다.

사라진다.

천인이라 불리며 진정한 무림의 강자들로 군림하던 그들 역시 마신(魔神) 앞에 무릎 꿇었다.

"희망이…… 없어."

그 모습을 멍한 눈빛으로 바라보던 남소광이 무너졌다.

나가서 싸우려고 했다.

마음속에 용기를 북돋았다.

마신이 날뛰기 시작하면 무엇도 남지 않을 것을 알기에 온 힘을 끌어냈다.

한데 눈앞에 벌어진 결과가 다시 그의 힘을 빼앗았다.

다섯의 절대고수가 전력을 다해 덤벼들었고, 말마따나 개미가 짓밟히듯 제대로 된 저항 한 번 못 해 본 채 스러졌다. 대체 누가 저 마신을 막을 수 있단 말인가?

"제가 선봉에 설게요."

그런 남소광의 옆에 북궁소가 섰다.

입술을 깨문 그녀의 눈빛은 크게 흔들리고 있었다.

척 보아도 안다.

격이 다르다.

신과 인간의 싸움이란 것이 애초에 가능할 리가 없지 않은가? 그럼에도 그녀는 싸우기 위해 나선다. 이유는 단 하나였다.

'나는 죽은 사람이 아니야.'

며칠 동안 고민했다.

원망도 많이 했다.

스스로를 죽이려는 생각도 했다.

하나 그 모든 심마에서 꺾이지 않은 그녀는 자신을 알 수 있었다.

죽고 싶지 않았다.

살고 싶었고, 어떻게 해서든 이 시련을 이겨내고 싶었다.

제 잘못이 있다면 살아서 갚고, 또 죽어서도 갚으면 될 노릇이리라. 단지 그 죄를 갚을 때까지 살고 싶었다. 그러니 싸운다. 싸우지 않으면 죽으니까, 한계를 넘어 최선을 다해 볼 예정이었다.

"혼자서는 무리지."

그런 북궁소의 옆에 파산노사가 섰다.

"그래서 도움을 요청하는 거죠."

북궁소가 웃으며 파산노사를 바라본다.

"정말 강하구나. 다행이야. 네 마음이 꺾이지 않아서."

"걱정해 주신 덕분이죠. 어쨌든, 도와주실 거죠?"

"뭐? 저런 쭉정이랑 이 늙은이한테 한 말이었던 게냐?"

"당연하죠."

"네 눈이 잘못된 게 분명하구나. 우린 저 근처에만 가도 죽어. 너라면 조금 다를지도 모르겠지만, 결국 어둠에 감싸인 녀석은 누구도 죽일 수 없다."

"그럼 포기하라고요?"

"설마."

"농담할 시간 아니에요. 할머니."

"농담한 적 없다. 다만…… 올 때가 되었다 싶을 뿐이지."

"예?"

"대를 위한 소의 희생. 결국 녀석이 또 한 번 짊어졌거든. 아, 왔구나."

파산노사가 전혀 알 수 없는 내뱉을 무렵 저 멀리서부터 어둠이 걷힌다. 다가오는 것은 밝은 황금빛이다. 태양을 닮은 그 황금빛을 따라 모두의 시선이 움직였다.

"저건……?"

어째서일까?

그 빛에서 누군가의 얼굴을 떠올린 북궁소의 볼가로 눈물 방울이 흘러내렸다.

"정버엄!"

그리고, 마노가 외쳤다.

어둠을 감싼 마의 신이 평정을 깨트리며 분노한다. 그를 따라 뒤틀리는 어둠이 줄기처럼 이어지며 환한 황금빛을 강타했다.

꽝—!

어둠과 빛이 맞닿았다.

엄청난 폭발은 없었다.

힘이 힘을 찍어누르는 무엇도 없었다.

다만 눈이 멀 것만 같은 빛이 주변으로 쏟아져 나왔다.

그에 맞서듯 하늘을 덮은 검은 그림자의 마수가 울부짖었다.

"저게 뭐야……."

모두의 눈에 명확히 보이는 그 마수의 모습은 경악스러웠다. 대체 저런 것을 무슨 수로 상대한단 말인가? 모두의 머릿속에 의문이 떠오를 때, 전설이나 신화 속에 등장해야 할 법한 거대한 존재를 공격한 것은 그에 못지않은 거대한 덩치를 가진 황룡(黃龍)이었다.

크아아—!

마수의 울음소리가 울려 퍼졌다.

황룡의 괴성도 그 뒤를 따랐다.

빛과 어둠.

상반된 두 짐승이 서로를 물어뜯고 할퀴고 싸운다.

하늘이 무너질 듯 갈라지고, 땅이 뒤집혀 나간다.

세상이 붕괴되는 것만 같은 그 싸움에 모두가 입을 벌린 채 넋을 놓고 있을 때였다.

번쩍.

허공으로 두 사람이 뛰어올랐다.

하나는 마노다.

모두가 기억할 수밖에 없는, 악마의 모습이다.

그가 흉신악살의 표정을 한 채 주먹을 내뻗고 있었다.

맞은편에 선 이는 황금빛에 둘러싸여 그 얼굴이 잘 보이지 않았다.

다만 그의 주변을 감싸듯 돌고 있는 수백 개의 검이 유독 눈에 뜨였다.

꽝—!

주먹과 검이 부딪치고, 이번에야말로 폭발이 일었다.

세상이 무너지는 것만 같은 거대한 굉음이었다.

그리고 빛과 어둠이 동시에 사라졌다.

너무나 순식간에 벌어진 일이었고, 도저히 믿을 수 없는 일이기에 모두가 두 눈을 몇 번이고 껌뻑였다.

세상 전체에 소리라는 것이 사라진 듯 긴 침묵이 이어졌다.

얼마나 되었을까? 이게 끝은 아닐 텐데?

일각이 넘어 반 시진이 더 흘렀을 무렵.

모두가 보란 듯이 다시 한 번 강렬한 빛이 터져 나왔다. 그 눈부신 빛은 이번에야말로 눈을 멀게 만들 것 같아 자리에 남아 있던 모두가 제 눈을 가릴 수밖에 없었다. 그렇게 강렬한 빛은 천하 전체로 퍼져 나갔다. 누군가에게는 두 눈에, 또 누구에게는 마음에 닿았다.

눈을 뜰 수 없는 빛이 가시고 다시금 세상의 모습이 드러났을 때에 누구보다 먼저 몸을 날린 이는 다름 아닌 북궁소였다.

"정 공자!"

그 이름을 부르며 달려 나가는 그녀의 뒷모습을 여러 시선이 뒤따랐다. 각기 다른 생각을 품은 그 시선 속에는 아련함을 간직한 이의 것도 있었다. 시선의 주인, 그녀의 어깨 위로 두터운 손이 얹어졌다.

"아서라. 우리가 좇을 수 있는 인연이 아니야."

"……."

천천히 고개를 내젓는 사람 좋은 미소를 지은 남성의 모습에 여인의 한숨이 땅으로 떨어졌다.

*　　*　　*

"정 공자! 정 공자!"

북궁소는 미친 듯 목소리를 부르짖으며 달렸다.

큰 싸움이 있었다.

감히 그들이 쳐다도 못 볼 엄청난 싸움.

빛과 어둠이 부딪쳤고, 어느 한쪽이 사라졌다.

마지막에 터져 나온 것은 찬란한 빛이다.

하면 어둠은 진 것일까?

물러났을까?

다급히 달려간 그녀의 걸음이 어느 순간 급격히 느려졌다. 찬란한 빛으로만 보이던 그 중심에 어둠이 소용돌이 치고 있었다. 모두가 볼 수 없는 그곳에 작은 어둠이 세상을 집어삼킬 듯 휘몰아치고 있다.

"아……!"

작은 탄식을 흘리는 북궁소의 두 눈에 지친 표정으로 그 어둠을 한 손에 쥐고 있는 정범의 모습이 보였다.

그였다.

분명 기억하던 그가 맞았다.

"정 공자……."

어둠을 쥐고 있는 그의 모습은 예전과는 조금 달라 보였다. 마냥 빛과도 같던 그때와 달리 어둠이 섞여 있다. 모순적인 모습이지만 더 기이한 사실은 그럼에도 불구하고 더 강렬한 빛이 보인다는 것이다. 참으로 기묘하다. 그래서 더 이상 입이 떨어지지 않았다. 느릿하게 움직인 정범의 시선이 닿았을 때에도 아무런 말을 할 수가 없었다. 그저 눈가로 눈물이 흐를 뿐이었다.

'나는…… 그에게 다가서면 안 돼.'

너무나 그리웠던 얼굴이다.

파산노사의 말마따나, 한 번쯤 진심을 표현하고 싶었다. 하나 역시 다가갈 수 없다. 진실을 알고 자신의 어두움을 알았기에 더욱 두려웠다. 저도 모르게 뛰쳐나왔던 걸음을 되돌리기 시작한다. 그런 그녀의 두 눈에 정범의 입가가 달싹이는 것이 보였다.

무언가를 말하고 있는 것 같은데, 목소리는 전해지지 않는다.

"뭐라고요?"

그녀의 의문에 환하게 웃어 보인 정범이 다시 한 번 입을 열었다.

여전히 소리는 들리지 않았지만, 그 의미만큼은 분명히 전해졌다.

좋아합니다.

참으로 낯부끄럽기 그지없는 말을 어울리지 않는 풍경 속에서 뻔뻔히도 내뱉은 그의 모습이 사라진다. 난감한 표정을 한 그는 환한 빛으로 화해 흩어지고 있었다.

"아, 아?"

뒷걸음질 치던 북궁소가 신음을 흘리며 다시금 앞으로 달리기 시작했다.

안 된다.

이렇게 헤어져서는 안 되었다.

잡아야 했다.

무슨 말이라도 전해야만 했다.

부족하지만, 역시 곁에 있고 싶었다.

떨어지고 싶지 않았다.

"나, 나도……!"

타다닷―!

달려 나가는 그녀의 손이 길게 내뻗어진다.

그에 화답하듯 정범의 손 역시 그녀에게로 다가왔다.

"나도 좋아해요! 당신이…… 당신이 좋습니다!"

손끝과 손끝이 맞닿지만 느껴지는 감촉은 없었다.

그저 따뜻함만이 전해질뿐. 그 속에서 정범이 웃었다.

환하게 웃으며 그렇게 떠나갔다.

"정 공자! 정 공자!"

아무리 외쳐도 대답은 돌아오지 않았다.

더 이상 모습도 보이지 않는다.

북궁소는 제자리에서 무너지듯 쓰러졌다.

흐르는 눈물을 숨길 수가 없어 얼굴을 양 손으로 덮었다.

"내가, 내가 더 힘내 볼걸……. 용기 낼걸!"

물밀 듯 쏟아지는 후회에 가슴이 아팠다.

많은 것을 탓했지만 결국 부족했던 것은 용기였다.

파산노사의 말이 맞았다.

단 한 걸음일 뿐이었다.

진심을 표현할 수 있는 작은 걸음의 용기.

단순히 그것이 부족했기에 이렇게 또 하나를 허망하게 보냈다. 마지막 진심조차 제대로 전하지 못한 채 말이다.

"이 역시 대를 위한 소의 희생."

그런 그녀의 머리 위로 작고 안타까운 목소리가 흘렀다.

"……?"

놀란 그녀가 고개를 돌릴 새도 없이 의식이 급격히 멀어졌다. 다가온 손길이 그녀를 잠재웠다.

"휴……."

그 손길을 뻗은 남성이 안타까운 한숨을 내쉬며 쓰러지는 북궁소를 조심스럽게 받쳐 눕힌다. 직후 무릎을 꿇은 그는 정범이 내려놓고 떠난 어두운 기운을 움켜쥐었다. 사내는 이 어둠의 정체를 알았다. 세상에 필수로 존재할 수밖에 없는, 이것이 있기에 빛이 더욱 밝을 수 있는 모든 것들의 집합체.

"슬픔, 고통, 분노, 탐욕, 절망."

그가 읊은 것들은 이 어두운 기운의 그저 일부에 불과했다. 때문에 어둠이다. 세상의 모든 음(陰)을 모아둔 힘이니 말이다. 어느 한쪽만 존재할 수밖에 없는 세상의 이치를 따르자면 결국 이 힘은 언제든 만들어질 수밖에 없다.

"다만, 이렇게까지 뭉칠 정도인 건 문제지 확실히."

사람의 체력에도 한계가 있듯, 세상이 견뎌낼 수 있는 어둠에도 한도가 있는 법이다. 이 어둠은 그러한 한도를 벗어나 튀쳐나온 존재. 언제나 그렇듯 세상에 위기를 몰고 오는 악(惡)이다.

"다만 역시 모두 없앨 수는 없지. 균형이 무너지는 건 안 되니까 말이야."

녹안을 빛낸 사내의 손아귀에 강한 힘이 가해졌다.

쩌저적—!

휘몰아치던 검은 기운은 그 힘을 견디지 못하고 유리구슬 깨어지듯 균열이 가더니, 이윽고 검은 가루가 되어 허공으로 흩뿌려졌다. 세상으로 퍼져 나간다.

그 흔적을 따라 하늘로 시선을 올려 보낸 녹안의 사내, 제갈우현이 말했다.

"최대한 규율을 벗어나지 않고 하려고 했는데, 마지막은 어쩔 수 없더랍니다. 이 정도면 나도 최선을 다한 편이고. 결론적으로 세상을 구했지 않습니까?"

맑게 갠 하늘은 그 목소리에 아무런 답을 보내지 않는다. 언제나 그렇듯 말이다.

"벌준다면 벌 받겠습니다. 대신 상벌은 엄연해야 한다고 세상을 구한 상도 주시지요."

잠시 하늘을 바라보던 제갈우현의 인상이 찌푸려졌다.

"아니, 벌을 상으로 메워달라는 건 아니고! 벌은 받겠다니까?"

그의 녹안이 바닥에 잠든 북궁소에게 향했다.

"불행하게 살아온 아이지 않습니까. 마지막 행복 하나쯤은 쥐고 가게 합시다. 날 위해서가 아니라, 이 아이를 위해서 소원 하나 쓰자 이 말입니다."

휘이잉—!

바람이 불어왔다.

파라라락—!

처음에는 잔잔했던 그 바람은 꽤나 거칠어져 제갈우현을 날려버릴 듯 격해진다. 신비한 점은 그 와중에 바닥에 잠든 북궁소에게는 아무런 영향이 없다는 사실이었다.

"이런 식으로 계속 나오면 저도 못 참습니다? 그냥 한 바탕해요?"

그 협박이 먹힌 것일까?

거칠게 불던 바람이 어느 순간 잠잠해졌다.

"죽은 건 아니지 않습니까. 억지로 끌고 가지 말고 내려 보내 주시지요. 그 아이도 사람으로서 살 자격이 있지 않습니까. 저 때문에 꽤나 긴 시간을 혼자 방황도 했는데."

찌푸려졌던 제갈우현의 입가로 조금씩 미소가 어렸다.

"그렇지. 그쯤에서 합의보자는 말입니다. 뭐 나도 내 죄가 있으니 벌은 벌대로 받을 거고요. 그래요. 그렇게 합시다."

혼잣말과 같은 대화는 더 이상 없었다.

만족한 얼굴로 뒷짐을 진 그가 곤히 잠든 북궁소에게로 다가간다.

"사실 저 그 말 무지 안 좋아합니다. 대를 위한 소의 희생. 근데 그 짓을 몇 번이고 반복하네요. 미친 건지. 뭔지. 거기 있지요, 천년자?"

제갈우현의 부름에 북궁소의 그림자로부터 검은 거죽이 불쑥 튀어나왔다.

"천하의 삼천갑자께서 직접 저를 불러주시고, 영광입니다. 흘흘."

"거 삼천갑자 한번 살아보려다가 팔자에도 없는 연기까지 하며 죽을 고생하고 있으니 비꼬지 맙시다."

"그 삼천갑자 때문에 천 년이 넘게 어둠을 기어 다녀야 하는 제 입장도 생각해 주셔야지요."

"그것도 내가 하고 싶어 한 일 아니라니까요. 그러게 선문(仙門)을 왜 멋대로 열려고 해서."

"인간의 호기심이란 끝이 없는 법이더군요. 흐흐."

"됐고. 이 아이나 조금 부탁합시다."

"제법 신경 써 주시는군요?"

"이 아이가 불행해진 데는 제 탓도 있으니까요."

"죄책감도 가지실 줄 알고……."

"좀!"

"흐흐, 알겠습니다. 알겠어요. 어차피 마음에 들어 한참 지켜보려던 예정입니다."

"기왕이면 행복하길 빌어주시고."

"노력하지요."

"그럼 이만 갑니다."

"이번에 가시면 언제쯤에나 뵐 수 있을까요?"

"글쎄요. 죽을 수 없는 몸이다 보니 언젠가는 보지 않겠습니까?"

"흘흘, 저나 그쪽이나 고생은 마찬가지군요."

"그러게 말입니다. 또 봅시다. 천년자."

"또 만납시다. 동방삭."

그 말을 끝으로 흩날리던 녹발이 사라졌다.

세상에 존재했다는 흔적조차 남기지 않은 채 완전히 종적을 감추었다. 그가 있던 자리를 한참 바라보던 천년자 역시 천천히 그림자 속으로 녹아들었다.

시간이 흘렀다.

終章

천하가 헛것을 보았다.

하늘을 뒤덮는 검은 마수나, 그를 집어삼키는 황룡이나 믿기지 않는 것들투성이었다.

누군가는 황궁의 난, 그 끝을 알리는 하늘의 계시라 하였다.

그리고 거짓말처럼 소란스럽던 황궁이 빠른 속도로 정리되며 황제가 죽고 새로운 황제가 등극했다.

차남 양광.

태자가 폐위된 이후 가장 유력한 황권의 후보였던 그가 결국 권력을 움켜쥐었다.

즉위한 직후 그는 자신이 곧 황룡의 후예이며, 그 믿을 수 없던 헛것은 하늘의 뜻이라 공표하여 기반을 다졌다. 세상에 평온이 찾아오는 것만 같았다.

물론, 그 때에도 피는 흘렀다.

황권 다툼에서 밀려난 전 태자 양용은 새 황제가 즉위한 다음날 곧장 목이 잘렸다. 그 싸움을 먼발치에서 지켜보던 한왕 양양에게도 소환령이 떨어졌으나 그는 그를 거부했다. 물론 얼마 지나지 않아 결국 끌려가게 될 것이다. 한왕 따위가 넘보기에는 황제의 권위가 너무 막강했으니 말이다.

여러 소란이 있었지만 양민들의 입장에서는 안도의 한숨이 흘러나올 일이었다.

흉흉하던 시절이 지나가고 다시 안정기가 찾아오고 있다는 뜻이었으니 말이다.

무림에는 한바탕 바람이 휘몰아쳤다.

임시 무림맹이 몰락하고 천하오패가 무너졌다.

대신하여 절대고수들이 포함된 세 개의 거대 세력이 무림을 휘어잡았다.

그 첫째가 남도문.

비옥한 형주를 발판삼은 그들은 대전(大戰)에서 살아 돌아온 문주 남소광을 필두로 문호를 개방하고 제자들을 대거 영입하며 세를 불렸다. 그간 비옥한 땅에서 쌓아온 자산이 그들에게 큰 힘을 보탰다.

둘째는 패력산장과 북검문이 하나로 합쳐진, 이른바 정의맹의 탄생이었다.

남도문의 성장은 폭발적이었고, 어느 한쪽이 따를 수 있는 수준이 아니었다. 결국 둘은 손을 잡을 수밖에 없었다. 물론, 단순히 남도문 탓만은 아니었다.

무림제일세력 중천교.

마도로 배척받던 그들이, 대전 끝에 그 이름을 손에 쥐었다. 귀살주의 영역이었던 양주를 비롯해 전(前) 대룡문이 쥐고 있던 땅까지 한 번에 손에 쥔 그들은 실상 중원의 북부 전체를 다스리는 또 다른 황제와 같은 존재가 되었다.

오죽했으면 즉위한 황제가 중천교를 먼저 찾아가 승부를 보려 했을까? 그 결과는 잘 알려지지 않았지만 일단 겉으로 들어난 중천교의 세력 발전은 결코 멈추지 않았다. 그렇다고 하여 중천교가 국교로 삼아진 것 또한 아니다. 호사가들은 짐작했다.

호전적인 성격의 현 황제가 조만간 피 바람을 또 한 번 만들 것이다.

남도문은 아마 그때를 기다리고 있을 터였다.

무림제일세력이라는 이름을 등에 업을 수 있는 기회였으

니 말이다.

그렇게 평온한 와중에도 또 한 번 거친 풍파가 다가오고 있었다.

언제나 그렇듯.

세상의 흐름대로 말이다.

*　*　*

중천교가 무림제일세력이 될 수 있던 것은 단 한 명의 고수가 지닌 힘이 절대적이었기 때문이었다.

검후 북궁소.

현 무림제일고수를 논하는 인물이자 젊은 미인.

거기에 더해 대룡문의 혈계를 직통으로 이어받은 완벽한 발판.

그런 그녀를 등에 업은 중천교의 비상은 당연하다 싶은 일이었다. 하나 중천교 내부에 속한 중임들은 안다. 실상이 모든 일을 이룬 이는 북궁소 본인이 아니다.

그녀는 그저 그 자리에 앉아 있기만 하여 자신을 증명했을 뿐.

나머지는 그녀의 뒤를 그림자처럼 따르는 기섭이 행하였다. 그렇다고 하여 북궁소의 권력이 중천교 내에서 떨어지냐고 묻는다면 모두 고개를 내저었다. 기섭이 해냈지만, 북궁소가 없었다면 할 수 없던 일이다. 이 또한 중임들 모두가 알고 있는 사실이었고 누구보다 기섭 본인이 가장 중시했다.

실세를 장악하고 휘두르는 기섭이 그렇게 북궁소에 충성하니, 그녀를 무시할 수 있는 이는 누구도 없는 게 당연한 일이었다.

다만 그런 기섭이기에 걱정이 있었다.

'언제 떠나실지 모른다.'

북궁소는 그의 부탁에 따라 자리에 앉아 있지만 언제든 중천교를 벗어날 수 있는 인물이었다. 애초부터 권력에도 황금에도 욕심 하나 없는 그녀다. 때로는 스스로를 죄인이라고까지 하는 그녀는, 그저 무언가를 기다리며 자리를 지키고 있을 뿐이었다.

언젠가 머지않은 미래에 그런 북궁소가 떠나게 된다면 중천교는 어찌해야 할까?

이미 척을 진 황제와 손을 잡을 수는 없는 노릇이다.

'복잡하겠어.'

기섭은 나름대로 미래를 준비할 수밖에 없었다.

그리고, 드디어 그날이 왔다.

기섭은 알 수 있었다.

밝은 빛을 휘감은 사내가 중천교의 교주전에 안착했고 어딘가 멍해 보이던 북궁소의 눈에 빛이 돌아왔다.

두 사람이 손을 잡았고, 말없이 떠나갔다. 멀리서 그 모습을 지켜보던 기섭은 차마 마지막 작별 인사조차 건네지 못했다. 손조차 내뻗지 못했다.

"그를 기다렸군요."

기억하는 얼굴이다.

모두가 알고 있는, 아마 지금의 세상에 진정한 평화를 가져다 준 인물.

진짜 무림의 영웅.

그가 북궁소와 함께 떠나갔다.

"부디 행복하기를."

두 사람이 떠난 자리에 선 기섭이 진심이 담긴 밝은 미소로 두 사람을 배웅한다.

하늘이 유독 맑은 날에 드디어 손을 맞잡은 두 사람이 그렇게 떠나갔다.

〈완결〉

DREAMBOOKS★

DREAMBOOKS

DREAMBOOKS